把草木染进岁月

[瑞士] 朱颂瑜 —— 著

浙江文艺出版社

要有雪色，且用味道架桥（代序）

世界很小，状如朱颂瑜在瑞士精心考证的一枚名叫“榅桲”的水果。地球仪是圆的。

2017 年晚秋嵩山，雾雨蒙蒙，我和诗评家单占生、宗教学者钱大梁在少林寺方丈室，听释永信主持关于编“高僧传系列”议题。梵音袅袅。说话间，消息说室外有欧洲华人作家代表团要拜见释永信，诸人簇拥方丈，相随而出。海外华人作家们围着释永信，若围了一团传奇。我看到有一位大眼睛、个子修长的女子，我径自向前，肯定地问：“你是朱颂瑜！”她先惊奇，后笃定，再后明白。

和朱颂瑜竟这样初见，奇趣兼传奇，在少林寺，台阶湿润，嵩山苍翠。

这种不期而遇其实自在铺垫之中。数年前，她从台湾报刊看到我的散文，托友人在宝岛买遍我台湾版散文集，通过种种渠道和我沟通未成（皆我后来才知）。有一天，无意间通过一位相识的书法同道，在邮箱里联系上，在一方虚构出的小小空间里开始文学交往。我是网盲，没有博客，她在自己博客上细致耐心地推介我的作品和别人对我的评论，博客专名叫“冯杰粉丝团”，我该感谢她的热情和鼓动。

其实朱颂瑜自己就是一位作家，近年成绩斐然，获过海内外多种征文奖，履历丰富，是一位跨界的工作者，涉及旅游、文化、传媒、文学、翻译、环保、教育、广告等领域。单这些名称就令我眼花缭乱，近似我在北中原乡下整地、耙地、播种、施肥、浇灌、收割、打麦、扬场、入仓。我知道无论写作还是种粮，始于辛勤，归于收获，都需要弯下腰来，用心。

她青春时代敢于冲浪击水，从 22 岁开始，凭着自己的努力和智慧穿梭于东西方之间，同时在文学和精神的世界里游历。除了热爱艺术，她还相信爱情，因情远嫁异国，如今在瑞士有两个天使一般的公主，孩子——传承她的才艺，经常见她两位小公主高雅的生活流，我觉得这才是她展示出的自己最得意的两部"作品"。朱颂瑜有未了的愿望，用情感和乡愁，用中国文化元素，用不需要翻译的青山绿水，用无疆界的人类共有的情感，用温润的汉字垒梦，架起中国与瑞士的文化桥梁。

在文字阡陌稻田里，她能从露水里出发，重返故乡小路，聆听故园夜雨，梳理乡梓味道，其中有对故乡亲情的依恋追忆，有在茫然岁月里的求知，有对如是我闻的感受，再书写行走感受之美、文化苦旅之美、自然造化之美、乡愁怀伤之美。她拥有着我这类本土作家没有的世界观，她有东西文化的对比借鉴，有对现代文明里人类生存的深度思考。她要立一方文字标尺，在阿尔卑斯山下，发出自己文字的光，这是文字的雪光。

中国文化情怀本是胎带的，她还不断转身挖掘更多的中华源泉，有一天，在微信里发来孟元老在《东京梦华录》里出场的两颗"楉桴"，要光复栽种古典水果。

她问我认识吗?

我说不认识。

她不让我问那位渊博如神的二大爷。

雪色。味道。楸梓。一颗文学的异果需要嫁接,才芳香满盘。中华文化的春风化雨,滋润不灭,是有像朱颂瑜这类传播者在不断耕耘,形式上更像蒲公英的种子,蒲公英眼里国界线全是绿的,把自己的伞撑起来,借风借势,越过万水千山,要植绿开花,铺爱造春。

世上架桥的方式有多种,朱颂瑜用颜色和味道架桥,这样,世上多了一种运用颜色和味道的文字建筑师。

冯 杰

2018 年 6 月 6 日于河南省文学院

(冯杰,1964 年生于河南,作家,诗人,文人画家。现为河南省作协副主席、河南省作家书画院副院长、河南省文学院专业作家。)

自序

父亲从退休起就回到了城郊的故乡安度晚年,在他步入耄耋之年后,我越发感觉自己渴望跟他待在一起。

回想起来,与父亲在故乡的时光可以上溯到清贫的 20 世纪七八十年代。那些年月,为了养活一家五口,父亲披星戴月,任劳任怨,耗尽了自己所有的青春。在双亲都为生计而日夜操劳的年月里,每逢到了没有课可上的寒暑假期,故乡,便成了我唯一的去处。

故乡是珠江水边一个开满荔枝花的小乡村。感谢在困匮的年代,它以曼妙的花枝和温暖的怀抱接纳了我,让我得以在生命之初就与自然世界结下了深厚的缘分,在岭南水土的浸润和祖辈的福荫下,度过了人生最重要的织梦年华。

自故乡一片草木葳蕤的大地启程,我开始了对远方世界的向往和精神出走。犹记得童年时的一景:乡村夏夜清畅悠长,我躺在露台的凉席上,枕在父亲的臂弯中,对着蓝紫的苍穹发呆。那时候,天空星光熠熠,大地蛙鼓声声,流萤在眼前忽闪忽闪,冷不防就带上我的神思一起飞出村外。

那个时刻，我就曾如此想象：只要身怀一颗卑微的火星，我就可以独自上路，闯荡江湖，去看看村子以外的山高水长，无远弗届。

求知是一生的追求，出走是浪漫的勇气。就这样，怀揣着父亲的期望与祝福，我开始了自己的独自远行，一边在行走中拓宽内心世界的边界，一边用文字记录生活，从南向北，又漂洋过海，在离故乡越来越远的漂泊中，也和这世上灵魂相通的人渐行渐近。

从故乡的阡陌小路启程，我把这远行一路上新奇、有趣、美好、感人的遇见在这本书中做了一次细密的梳理，以自己有限的文字能力讲述了当时的天地、当时的物事、当时的思绪以及当时的自己。这些文字从亚洲跨越到欧洲并向美洲延伸，以不同的地域与文化为背景，记录了行走的收获与乐趣、自然世界的奥妙、艺术天地的善与美、穿透生命的亲情时光，以及从原乡步入他乡的诸多心情与感悟。我将它们分为五辑：

第一辑《在有涯的生命中发现无涯的世界》里，我试图以文字在自己有限的行走版图上刻下几个标记。在父亲潜移默化的影响下，我有幸去了不少地方，遇见过不一样的山高水长，人间美景。同时，也接触了许多来自全球不同国家和民族的朋友，从他们身上了解到世界上各种不同的文化、传统、观念和信仰。且行且看，去的地方多了，接触到的文化多了，我便渐渐明白——行走不仅赠予我感官的享受，还赠予我开阔的胸襟，使我放下偏执，阔达开朗，不仅看到自己与别人的不同，还照见了天地的包容和自己的渺小。

第二辑《没有国界的爱与亲情》里，我写下守护病床前的日子，写下两位逝去的亲人，写下从娘家到夫家的岁月，写下跨越国界和种族的爱。诚然，书中两位逝去的亲人，我的祖母与我的公公，从出生背景到生活环境都迥然不同：祖母是从旧社会一路走来的中国传统妇女，半生守寡，生命卑微；公公是瑞士当代知名的教育学家，一生修学，成就斐然。然而，在精神的维度里，这些差异并不妨碍我们的亲情有相同的温度，以爱的辉光燃亮我的年华，燃亮我的文字，成就我生命中最温暖最浓重的底色。这些贯穿半生的爱与亲情，如埋在时光里的皱褶，只需轻轻展开，就能牵出许多绵绵的感动来。

第三辑《一趟纸版的生态文明之旅》中，我记录了自己对眼前自然生态的一点思考，在讲述天地万物与人类世界密不可分的关系时，一并怀念故国的乡土、物事、童年与往事。凭依着一颗对自然世界的恭敬之心，2016 年我有幸成为中国生物多样性保护与绿色发展基金会的海外代表，因缘际会，又在 2017 年以环保志愿者身份出席了在日内瓦举行的联合国《濒危野生动植物种国际贸易公约》的第 68 届常委会议，在一个环保领域国际级别的专业平台上，收获了宽广的视野和独特的体验。愿这些披着月光、挂着雨露的文字也如一粒粒活泼的种子，在纸上发芽、吐纳、生长、开花，在唤醒我们对自然世界失忆已久的感动时，也同时带你抵达那些濒危物种的生命暗角。

第四辑《另一个温暖人心的世界》中，我把横涉异乡二十年的所闻、所见、所悟和所感整编在一起，试着以善意的眼光对彼邦的民族与人情进行一点解读，把他们简约精致的美食、锦绣多姿的文化、生活中的传统智慧、素直朴真的性格及纯粹的婚恋观念等真实地呈现出来，勾勒一个生动而立体的地域剪影。

第五辑《乡愁是故乡的永生》中，我细致地梳理了亲情的离散与乡愁的况味，把故乡丰富的传统、曼妙的乡土韵致、温馨的民间日常和逝去的往事都带进自己的文字里，密针细缕，绣制出一幅珍存心底的故乡版图。在这个版图上，乡愁，是我对故乡的一种折叠，是故乡的永生。

偶尔，我也会从这些记录里突然憬悟，一个人一生的道路很漫长，没有人总能一帆风顺或事事如意，所以每个人最好从少年时候起就心怀爱的善意、对美的追求、对世界的好奇心，从而在生命中的低迷时刻，不慌不忙，更从容、淡定地去面对自卑、失望、沮丧、孤独、苦闷，去度过一些漫长的寒夜和无光的岁月。

感谢生命的赋予和一路上所有的相遇，让我可以用一份时间带不走的率真写下书中素净的文字。愿这些年轻时候见过的世面、遇过的美好终能许我一个安之若素、宠辱不惊的人生。

倘若有缘，我也乐意把这些不错的生活经历分享给与我一样出身平凡但心怀梦想的年轻人，好让他们在前行的路上也常怀一捧自暖的火光，不求所有的努力都会开花结果，但求安分地做好自己，在探索世界与感受生命的行程中，充满善愿，从不悲伤。

谨以此书，送给我的双亲。

2018 年 7 月

目　录

第一辑
在有涯的生命中发现无涯的世界

第五辑

乡愁是故乡的永生

第 一 辑

在有涯的生命中发现无涯的世界

一个人在路上的收获，不光是生命途中的流光溢彩，最终也是别人拿不走的经历、自我的修行，能让人抵达生命的大美之境。

世上假如有桃花源

　　假如你有幸在春天来到瑞士，我建议你一定要把自己尽情下放到乡野。至少那么一次，在全年美若诗书画卷的扉页的季节里，体验一场刻骨铭心的人世风景。

　　在四、五月的季节，从山坳透入的阳光铺满苏醒的大地。碧空如洗，鸟儿啁啾，陌上花开冉冉。骑着车悠然穿行于乡野间，一路上，雪峰遥对，云水相融，目力所及，如若画境。这种与天地完全交融的体会，让行进中的人恍若飘然于世外。

　　被阿尔卑斯山包围的瑞士，无论是从东往西走还是南北纵行，多是山峦重叠、湖泊众多的地貌。不过，国土面积仅有三分之一属于平坦地势的这个中欧山国，却以高瞻远瞩的卓见建有完善的单车道路体系。尤其是在毗邻法国的沿湖城市，交通工程师早在以往的城市规划中就考虑到了骑行者的需要，所以从城市到乡村，到处都设置有相对完善的单车专用道，为骑车出行的人提供了便利。

山民的后代，性格多淳朴、内敛，有素真之心。在这里，无论是一介平民，还是政府高官或显赫人士，以单车代步出门都是平常之事。环保意识普及全民，低碳的绿色生活是这里的人引以为豪的共识。我曾经从一个当地的慢行活动报道里读到过，这里每年都有好几十万人参加群众自发的骑车倡议活动。而且每十个瑞士人当中就有一人在离家不到五公里的地方工作，这正是骑车的理想距离。

瑞士的地域发展高度平衡，因此，城市和乡村之间的差别非常微小。我常有这样的体会：春天骑车出游，从城市进入乡村，沿着指定的单车专用道一直走，沿路赏一赏道路两旁正艳的花树，闻一闻草木葳蕤的自然芬芳，回头一恍然，究竟是什么时候从城市过渡到乡镇又进入到乡野的？人虽身在路上，却是浑然不觉。

山国的春天，冰雪消融，万物生发，是漫长严冬后一种温暖的安抚。山坡的梯田上，葡萄园上的老藤已新芽初绽，茁茁冒出一片清透的翠绿。人要是站到高处，可将满山坡勃发希望的色彩尽收眼底。田野上，金黄的油菜花正开到盛处，一种亮丽的明黄在视线内汹涌铺开，像大地上一个无法守住的秘密，能给人留下开阔的念想。

从田野一直望过去，目光要是再放远一些，就能看到巍巍绵亘的阿尔卑斯山了。对于大地，山，既是依偎，也是环抱。春天的时候，群山环抱之间，连绵的麦田长满了初绿的新苗，能铺满整双眼睛的视野。要是一个人，我定会在麦田边的旷野上坐一会儿，看着风从那里一阵一阵拂过去，牵起层层麦浪，一浪又一浪，把春天的诗意推向无涯的深处。

麦田周围是两栖动物聚居的地方，常有一些蝌蚪涌动的洼地，零零星星布满在附近。是去年的一回，我记得在沃州一个村庄的麦田边上，曾经见过一块告示牌，立在机动车限速牌旁边，上面画着一只大青蛙。牌子分明是在提醒过路的司机，这里是青蛙密集之地，要注意避免碾压到它们。

我特别喜欢这种人与自然和谐相处的信号。在如此静美的乡村，连一声小小的蛙鸣也有自己的尊严。

从一个乡村进入另一个乡村，路上有不少农舍，星散在乡野大地。和洋别墅相比，乡间的农舍虽是少了一点装饰，却又多了一分拙朴。如果是年份久远的农舍，门口常种有一株大树，站成遮阴的姿势。或者是，一株高大的野板栗树，在春天里，正开满一树粉白的花球。

虽是农舍，却没有零乱的感觉。宽大的院子里，除了拖拉机和农具，通常还有拢好的木材堆，整整齐齐拢高，堆在院子的一面墙边。春天的时候，农人会用剪草机把牧场上长好的青草剪下来，以绿色薄膜裹成桶形的大草垛，堆在与农舍相连的牧场或者农田旁边。我女儿说得形象：那是一堆绿色的大馒头。

路上要是骑渴了，可以在提供自来水的水池边，喝上几口甘洌甜润的清泉歇歇脚。瑞士的自来水都是卫生达标的饮用水。无论是乡间还是城市，到处都设置有饮用水水池，方便过路的人。

跟城市做成艺术品的装饰风格不一样，乡间的水池多是朴素的设计。池央有花，开得正艳。水流日夜不息地循环流动，会在池面敲出悦耳的水响。每一次在户外享用到它们，我都会不禁由衷地赞叹这些贴心的设置。山泉甘洌甜润，一口喝下去，就希望自己也做一个如水般清澈的人。

雪山，麦浪，黄花，树木，清泉。

乡野的美好，勃发于自然。不过，又远不止是物的灵秀，更有人的文明。在这里，人与人不管认不认识，只要在乡村相遇，都会相互问好，如若故人。我还遇到过一些特别喜爱孩子的老人。他们散步时，每每看到有孩子的家庭迎面而来，会欢喜得从老远就先行站定，然后一直笑意盈盈地恭迎我们走过去。

这些传统的人情素朴又温馨，为山国的乡村浑染出一泊温暖的底色。

乡村向来不是赶路的地方。所以，路上往复的人与车也是不慌不忙，不带一丝浮躁之气。开小轿车的人，哪怕在路上被骑车者挡路，也不用喇叭催唤。他们一般跟在后面慢驶一段距离，到了位置足够宽阔的地方才开过去。而迎面开来的车辆，更是从老远就开始减速，到了交汇的时候尽量谦让地往一边靠，往往逼得车子连半个轮子都驶到了路端的泥地上。

路上的骑行者也有规范。他们一般都穿能抵御风雨的彩色风衣，佩戴有单车头盔。我还认真留意过，无论是大人还是小朋友，他们骑车转弯的时候都会主动伸出手，自觉打手势示意自己身后的人。过斑马线的时候，即便是再小的马路，骑车者也会自觉地从车上下来，推着车走过斑马线，避免伤害到同行的路人，有一种秩序井然的况味。

后来有一次跟女儿聊天，我才了解到，原来在瑞士，小学的教程中有自行车安全行为和礼貌行为教育。自然，学校会安排交通警察专门讲授相关知识，而且他们会亲自示范，一并在户外指导小朋友识别各种交通标志。

瑞士国土约有三分之一被树林覆盖，所以郊游在路上，还一定绕不开茂盛的树林。这里的树林不仅是天然的小动物园，有各种小动物出没，像狐狸和鹿，而且还是出产优质木材的地方，生长有无数参天的松木与冷杉木。它们一树一树，笔直挺拔，朝向光明的姿势使草木幽深的树林显得广大而深远。

在树林的地上，还有一些大树桩。它们多数已经腐烂，长满青苔，甚至野菌，横栽在林间的草地上。以前我一直不明白，为什么林业工人不把这些烂木桩搬走。后来有当地人告诉我，这些树桩是故意留在树林里的，让它们经过沐风浴雨的自然腐烂后，去不断制造微生物，为树林里的昆虫和小动物提供食物源。

树林也是天然的娱乐场所，尤其是在春夏季节，会吸引不少前来烧烤的人。不过，难得的是，树林聚过人气后的场地却没有垃圾的遗留。在我认识的当地人里头，尤其是有一定岁数的瑞士人，他们甚至有一种好习惯，就是如果在高山或者树林里见到垃圾，不管是谁遗留的，都会默默捡起来把它们带走。一方子民竟如此热爱自己的家园，常常让我深受感动。

骑车走在乡间的路上，还会遇到一些开放的有机农场或者自助式的花圃。通常是，门外立有一个大牌子，标有"鲜鸡蛋""有机蔬菜"或者"四季时花"等等文字。客人进去，按照自己的需要采摘新鲜的蔬菜、瓜果或者时花，最后按照指示牌标价付费，就算完成了买卖。

约定俗成的信任，是一份钝感的温柔，使乡间每一寸琐碎的时光都有了自己的温度。

我常常想，世上假如有桃花源，它应该就是这个样子了吧。山国之美，不仅在它天地间的山水灵秀，更在于它的文明高度。那里暗含一种别样柔韧的力量，使城市和乡村并不对立，传统和现代更是相辅相成。

向晚的夕阳铺满我的双肩。眼前的清风麦浪，日落星起，竟让人忽而忆及某段少年时的岁月。那是我端然于故乡的稻田边，或立于珠水岸上的情景。

　　曾经以为光阴已经把一切的记忆席卷而去，而此刻，杂然的思绪却又突然向我汹涌袭来，一路浸漫向那些无尽的岁月。

2015 年 6 月

乡村之域爱尔兰

一般人去爱尔兰都喜欢选择夏季,而我出发的时候已是旅游旺季的尾声。

时值十月,正是爱尔兰夏秋交接的时分,天气时晴时雨,气温变幻莫测。

不过,不怕。每一种经历都有不同的收获,这正是旅途的意义。

从首都都柏林下了飞机,我就径直从机场客运站跳上开往高威的旅游大巴车,往西部的乡村腹地长驱直入。

在欧洲生活了十多年,走过的地方越多,对城市的失望就越大。从巴黎到伦敦,从米兰到罗马,大都会里,连锁店越开越霸道。街市也越长越像一个模子敲出来的一样,特色越来越少。

不过,爱尔兰不一样。以乡村美景和漫长的海岸风景线著称的爱尔兰拥有奇特的新月形地貌，地处大西洋边缘，东靠爱尔兰海，与英国隔海相望。

在欧洲的地理版图上，爱尔兰偏远苍凉，有一种遗世独立的况味。这里空旷超脱，人烟稀少，对我这种喜欢浪迹到自然深处的人来说无疑是最好的选择。

从都柏林到高威有三个小时的车程，是一段从东往西横穿内陆的清新之旅。汽车一路离开热闹的市嚣，离开驳杂的人流，爱尔兰特殊的地貌便逐渐呈现眼前。从一个城镇到另一城镇之间，溪河湖泊彼此交错，翠绿丘陵连绵起伏，大地在阳光下折射出不同层次的绿色，让置身其中的人，每一个呼吸都很清甜，每一次眨眼都觉凉润。

高威坐落在拥有最美海景的爱尔兰西部地区。这里风景如画，且是最大的沿海城市之一。早在中世纪时已属活力之城，是继英国伦敦和布里斯托尔后的另一个重要港口，主要进行酒、盐、香料、动物制品及鱼产品的贸易，曾被英国著名诗人济慈称为"西部的威尼斯"。

高威人热情好客，尤擅欢庆，所以整个城市好像全年都在举行欢庆活动似的。可惜我到访高威的时候刚好错过了最热闹的牡蛎节。这是世界上著名的美食节之一，也是当地人庆祝牡蛎丰收的传统节日。

不过，你记住了，莫赫悬崖才是大部分游客慕名拜访高威的主要原因。莫赫悬崖是大海和田园之间一个撼人心魂的悬崖峭壁，既是高威的标志性景点，也被认为是整个爱尔兰最令游客难忘的地方。在少人到访的旅游淡季，如果要在当地参团去参观莫赫悬崖，到了高威，直接联系当地旅行社或者找酒店前台帮忙预订就可以。

莫赫悬崖是地壳变动和惊涛骇浪经年累月的拍打留下的杰作。它的最高处距离海平面有两百多米，整个海岸横看有鳞次状的壮阔，纵观有斧劈剑削般的气势，就如天之涯海之角，让人哪怕仅仅看一眼就调头也觉得不虚此行。

海风涤荡，天地远阔。

面对如此美景，我坐下来闭目幽思，听波涛拍岸。但刚刚坐定，隐约中竟听到身后有人在唱着中文歌曲。我好奇地转头，仔细一听，原来不远处有个华人面孔的男生，正戴着耳机在大声放歌，唱着黄家驹的《海阔天空》。歌声嘹亮，铿锵有力，分明有一股来自肺腑的力量，显示出灵魂于天地间一次莫大的开悟。

由高威展开的爱尔兰之旅让我从一开始就体验到一种身心的放松。我想，行走爱尔兰最理想的旅游方式就是如此：白天，到户外尽情采风，感受壮阔的自然美景；夜里，像爱尔兰人一样一头钻进酒吧里，要一杯清爽的健力士或者暖胃的爱尔兰咖啡，听听音乐，打打拍子。哪怕不小心买下一场宿醉，也醉得地道，醉得迷人。

在寒冷多雨的爱尔兰，酒吧文化是人们日常生活的一个缩影。据说爱尔兰全境有一万多家酒吧，我沿路去了好几家，确实开了眼界。不仅吧台上的各式酒瓶极有气势，而且酒保们调酒时动作专业麻利，看着真是一种享受。除了琳琅满目的冷热饮品，大多数酒吧还会供应一些抵饿或下酒的地道熟食，例如现做的三明治和烤鸡翅，让你一进门就不想离开。

当然，爱尔兰咖啡是国外游客必点的尝新之物。这是一种在浓香咖啡里添加威士忌的热饮，最早出现在爱尔兰首都都柏林。据说，旧时渔夫从海上捕鱼归来，为了使冰冷的身体尽快温热，都会到酒吧或咖啡店喝上一口。咖啡浓烈，酒也浓烈，可以想象，当它们融汇在一起时就如一场势均力敌的交锋，让人怎么也冷不下来。

夜深时，酒客们已有几分醉意，音乐骤然清晰起来。这个时候，我喜欢找个角落的位置静静坐下来，感受粒粒音符滑过微茫的灯光，滑过古朴的木柜，滑过窗台的老藤，最后，滑进我半满的酒杯里，随着银色的反光轻轻晃荡。

爱尔兰的音乐蜚声世界，尤其是他们古老独特的说唱艺术，寂寞、苍凉、悲伤、坚韧，如散落大地的耳语，诉说着历史哀伤的旧事。

大巴沿着绵长的海岸线奔跑，左边是逶迤蜿蜒的山路，右边是波光粼粼的海面，那种一望无际的开阔让人特别亢奋，仿佛顿时满身都是仙骨，能随时腾空飞翔。这种激动远远不仅是感动，而是恨不得一转身做个明快的抉择，立地劈柴、喂马，从此地老天荒。

在爱尔兰空旷辽阔的大地上，除了海岸线沿路的草地、山谷和小溪，我见得最多的就是放养的绵羊了。这些小家伙身上长满的长羊毛就是爱尔兰羊毛织物的材料。它们质地朴实，温暖实用，能做出各种带有浓郁爱尔兰味道的衣物来。

我对爱尔兰毛衣一直饶有兴趣。说来也巧，在基拉尼的一家商店闲逛时，正好听到一个旅行团的导游在讲解爱尔兰毛衣的历史。原来，传统上爱尔兰渔民所穿的毛衣都是由家中妻子或者母亲亲手织制的，如果渔民在海上遭遇不测，尸体有幸被打捞上来，渔民身上毛衣的花纹就成了女人们认尸的依据。

爱尔兰的乡村之旅让我一直念念不忘，以至于旅行回来后的好长一段时间，当我面朝夕阳西下的远方时，心里仍会惦记远方的一片海，仍会幻想自己在路上。

2013 年 10 月

兰圃小记

在广袤的中国南方土地上，散落着诸多不为人熟悉的古典园林、芳园精舍，但其中广州城内的兰圃凭依育兰而出名。因兰花生动多致，碧水涟漪，这里成为我最熟悉的园圃之一。每逢迎来一个春光熠熠的好日子，我就喜爱穿上素色的蜡染衣裙去兰圃品茗，像专程来看望一个久违的故人，一起共度一个安静的下午。

与兰圃最早的结缘，想来还是 20 世纪 80 年代的事情。彼时我正在上小学，有一年母亲曾去兰圃工作，在花草的滋养和熏陶下，她感染上深厚的植物性情。那一年，她用十个手指把家里屋后的一丘荒地变成了一片热闹的花园，在时间的彼岸上，为我的生命铺开一泊浓重的绿意，无处不在地荡漾。

后来念初二时，教我们生物课的是一位年轻活泼的女老师，姓丁。因为兴趣的缘故，我被她委任为班上的生物科代表，专做一些等闲之事，在该拼命读书的年纪，常与花草无言对坐，在风中静默交谈。那时候，由于地缘的便利，生物兴趣小组的课外活动多是在兰圃展开，我常跟随丁老师来到兰圃，与各种花卉植物打交道。

关于兰圃，后来我当职业设计师的时候，曾听一位攻读建筑专业的同事提起过，说解放前这里原是一片荒芜的平地，后于20世纪50年代初修建成广州地方的小型植物标本园。五年后，又在时任副市长林西同志的统筹下，结合当时大北立交的建设特点，利用工程的余泥，在这个不大的地方堆山，填洼，造园。成园后的兰圃，不囿于兰蕙栽培，还收集国内外的名兰，整理广东兰花资料，成为广州兰花种植的基地，并声名渐盛。

兰圃总面积五万多平方米，根据传统古典园林的风格，依据地势的起伏，设置了溪地瀑布，堆山砌石，有着草木葳蕤的庭院和精致的景点，营造了峰回路转、千变万化的景观，真正做到步移景异、小中见大，值得人慢慢品味，一再游看。我记得的景点有花墟、松皮亭、国香馆、杜鹃山、春光亭、水榭、惜荫轩、明镜阁与芳华园。其中，芳华园的设计汇聚了当时中国园林领域各大名家和骨干的主张，向来以地少景多又充分呈现南方自然山水的特色而闻名，堪称中国庭园缩景中的杰作。

以障景为起点的芳华园入园处，一块"起云石"端正地屹立于此，暗喻石乃云根，以示开端。过了"起云石"，先有石板桥，后有三叠碧泉，再有右侧的蕉石小景，再有方亭，再有碧水，再有山石。一方小小的庭院，青竹数丛，紫藤花开，层层叠石，石隙涧泉。每一步都是心思，无处不在的韵致。

岭南的园林建筑向来暗含几分书院般的精致和雅气，其中木雕、砖雕、刻花玻璃、琉璃花窗、琉璃瓦等岭南装饰工艺都在芳华园有一一的体现。如此精雅的匠心凝聚，难怪曾有文人红蕖榭主在这里题诗如此："静境何须远地求，一丸兰圃足勾留。画师技巧缩龙寸，名匠心灵布局周。酒绿灯红棉市闹，花香鸟语水亭幽。芳华九畹殊堪对，扳得同心结友俦。"

只是，对于那个年纪的我，景点似乎都是易被忽略之事，在我看来，更重要的是那些挂在草木身上的标志牌。它们是草木的一张张名片，让我得以从那里逐一认识了本土的许多植物，结下一段段深厚的草木缘。这是我少年时喜欢兰圃的最大原因。我从小就莫名地癖爱着生物界那些门纲目科属的分类，爱一头栽进自然的天地里，感受一花一世界，一木一浮生。

兰圃里最出众的，自然还是兰花。我幼年学诗文时就晓得，兰既不屑争艳，也不爱热闹，是花中的君子，幽谷的佳人。它们姿态俊秀，清高孤洁，气味香而不浊、淡而不俗，自古就与文人最有缘。后来我还晓得，以兰花入题的园林全国只有我们这儿有——广州兰圃，独此一家。

有缘去多了，我大概知道，兰圃里的兰共分三棚。第一与第三棚以地生兰为主，多是我们本土的国兰，草本特点是不耐干旱，花淡而清香。第二棚主要是气生兰，这种兰多是依附在树干、枝条或者岩石上生长，特点是茎叶肥厚，花艳而少香。兰花是花卉中种类最丰富的大家族，有过万个品种。兰圃里的常见品种有春兰、蕙兰、墨兰、素心兰、石斛兰、万代兰、文心兰等等，还有一些名贵稀有品种，例如仙殿白墨、企剑白墨等等。

我每一次来到兰圃都会留一些时间和兰花独处，静静地看着它们颤颤卬卬，亭亭绽放。少年时习画，我也尤爱画兰花的工笔，觉得这世上每一株兰都像是一首自然天成的植物诗，花开虽只有一两枝，却有一种铮铮向上的姿态与生命力，能让观者不知不觉地沉浸在一种温柔雅静的意绪里。哪怕是花落了，笀笀的兰叶碧绿如初，也是一种特别迷人的景致。

园里举办兰花展的时候，前去赏兰的人就比平日多一些，常常会有一批一批的学生去写生，画兰。有好几次，我怔怔地站在那些少年美术生后面，静静欣赏他们与兰神交的情景，竟不觉生出一些轻微的恍惚，仿佛逆着时间，与从前的自己，迎面相逢。在兰圃的旧时光里，沿着园里静僻的小路，丁老师带我们在这里度过很多丰富而幸福的日月。我们一起走过堆山，走过砌石，走过拱门，走过长廊，走过四季如春的岭南风光，也走过绿荫下那些无穷无尽的安宁与静美。感谢那些细水长流的岁月，使少年时的一捧兰香汇成了我一生的心香，一枚绿叶扩大成了我一生的绿荫。

在我出国前与父母住在越秀区的最后几年里，因为地缘上的便利，兰圃更像是我家的后花园。平日，只要一有机缘，我便带着友人去那里游园、喝茶、聊天、散步、赏兰、喂锦鲤，在时光的深处，留下一些难忘的往事。

想想，花落了，叶子尚绿；人散了，记忆犹在。这样的感觉真是好。所以如今每次回国，不管多忙，我都会尽量空出半天的时间独自来拜访兰圃，在那些似曾相识的光阴里，拈一指花香，喝两杯闲茶。

园圃里有一些别致的小茶馆，曲径回廊，花木雅致，每一个都是赏花后喝茶的好去处。不过，同馨阁的茶馆外有一方大露台，因为临水的缘故，四处波光泛泛，碧水澄净，视野所及之处特别青绿养眼，是我一个人时最常去的茶馆。绿水依旧，茶香如故。坐在露台外面的酸枝椅上，濡湿的空气夹着氤氲的草馨扑面而来，溪流深处，还有吉祥色的鱼群，一尾一尾，向我靠近。这一切，都是我一如既往爱着的故乡风貌，岭南风情，会让我哪怕在长长的日光里只单纯地坐着，也会延伸出许多温柔的念想来。

偶尔，乍然起伏的蝉声也会教我莫名走神，让我怔怔地念想起儿时的老广州，念想起旧时岭南的花香和草馨，枝叶与细节。有"花城"别称的广州，自古就是草木茂盛和瓜果丰实之地，所以本土流传下来许多以花入题的传统风物，上至春节前夕最热闹的花市，下至西关大屋一捧芳馥的白兰。我幼龄时是趴在外婆的怀抱和肩头上长大的。犹记得，每年到了初夏，广州城里的白兰树就会长出一树一树秀长的花苞，像约定好似的，把一种甜润的芳香弥漫在整个城市。潮热季节，雨水霏霏，这个时候，街巷里往往就会有采摘了白兰花兜售的妇人。与许多老广州人一样，外婆喜欢迎着季节买上几朵初绽的白兰摆放在客厅的盘子里，再留上一朵，簪佩于发间。

想起来这些都是往昔的乡土记忆，旧日岭南最亲切的市井风情。那时盛夏，窗棂之外伸手可及之处还长着热闹的凤凰树。树盖之下，一树云霞，开着比太阳还暖和的凤凰花。花树密集的枝根一直延伸向六榕寺，那块深受庇佑的吉祥之地，我从小就见到每天都有虔诚的香客在袅袅升腾的古刹烟火中，来去往复。那时候，尚在幼龄的我浸在外婆发端的馨香中入梦，自然，醒来的第一眼，看到的就是她鬓发间那一朵清亮的白，高洁的白，静谧的白。白兰的清芬浸过她的鬓发，也浸过那些流金岁月，使那种白于我不再纯然是一种颜色，而更像是一束温柔的光芒，安慰着我的整个童年。

说来也巧，广州人世代钟爱的本地香花，从白兰、姜花、茉莉、素馨到鸡蛋花，统统都是这般素白的面貌，高洁又雅静。这些花香，在漫长的岁月里，为一个温暖湿润的城市濡染出最温婉的底色。

除了香花，过去老广州人熏香也爱用佛手，恭敬地供奉在家中的重要位置。佛手是芸香科香橼的变种，形状比香橼更别致，香气也更浓烈些许。受身边长者的影响，我对芸香科的果子也是情有独钟，时常就爱买上几个佛手、香橼、柠檬、橙子堆放在一个大盆子里，让整间屋子都熏在一股甜丝丝的气味里。后来读闲书我偶尔读到，慈禧不喜欢熏香的气味，于是宫女也采用南果子熏殿，使储秀宫内永远飘荡着一股清香酥软的芬芳。可见，在熏香这件事上，太后的喜好和广州人相近。

同馨阁供应的茶水有红茶和香片（花茶）。茶点有瓜子、花生、菊花香糕等等，古风盎然，价格朴实。直到去年我拜访的时候，茶水还是卖五元一壶，亲民得与现世的市道格格不入。即便如此，阁内依然清静得好比世外之境，只有一些喜欢享受慢时光的人前来闲坐，做一些不扰旁人的闲事，唯恐盛世的一丝繁华惊扰了它。

曾经有一回，我看到一个中学生模样的女孩子在离我喝茶不远的地方，手中捧着一本厚厚的《红楼梦》在展卷阅读。她整个人沐浴在温软暖晴的阳光里，一心不乱，一读就是整个下午。还有一回，一个道士般打扮的老人家在我喝茶对面水岸的树下打坐，直到向晚的暮光垂落，他的整副身体都没有丝毫松动过，如凝固在时光里的一尊活佛，连脸上写满沧桑的沟壑也显得宁静又安详。

　　这些安静闲雅的无用之事，似乎跟一墙之外车水马龙的浮华闹市形成了两个截然不同的世界。如今念起，我才憬然一悟，想必我喜欢的，也是兰圃的这份不入世，让人意犹未尽。

2015 年 6 月

望向历史的温柔目光

在过去的十几年，我有幸在亚洲、欧洲、北美和中美洲都走过一些地方。在这些旅程中，我一般都会安排自己参观一两家有象征性的当地博物馆，在那些我不熟悉的世界角落里，以人与物默默神交的方式，去追寻一方水土所独具的特征和原貌。

徜徉在博物馆里，我尤其享受一个人在晦暗的灯光下静静凝视着藏品的感觉。因为我知道，它们每一件均是历史的目击者，背后都隐藏着丰富而精彩的故事和细节。同时，它们也是沉默的演讲者，在流动的时光中为有心人讲述各自的传奇。

关于博物馆，字典上的解释是搜集、保存、陈列和研究人类文明发展的实物以及自然标本的机构。不过，在中国的古籍中，其实原本并不存在"博物馆"一词，有的只是"博物"的概念，大意就是见多识博。

追溯渊源，"博物馆"（museum）一词，最早起源于希腊语的 mouseion，是指供奉掌管艺术、科学的九位缪斯（Muse）女神的神庙。这九位主管科学和文艺的女神，分别掌管历史、抒情诗、喜剧（牧歌、田园诗）、悲剧、歌舞、爱情诗、颂歌、天文和史诗。所以，"博物馆"一词自然就涵盖了人文、艺术、科学、自然各个方面的内容，总括了人类社会的文化成就与文明累积。

人类历史上的第一座博物馆是建于公元前 283 年的埃及亚历山大博物馆，它是埃及亚历山大市的古典知识中心，是当时社会的教育和研究机构，但并不属于西方现代意义上的博物馆。到了 17 世纪，英国牛津市中心博蒙特街上的阿什莫林考古与艺术博物馆的建立，才真正算是标志着西方现代意义上博物馆的诞生。

中国的第一家博物馆建于公元 1905 年，也就是光绪三十一年，是由主张实业救国并创办了 370 多所学校的民族企业家张謇先生创建的。张謇在东游考察期间，见识了日本从欧美引入的现代文明后，不仅大受启发，而且深刻体会到博物馆对学校教育和启迪民智的重要作用，于是就在家乡一边平地筑垣，一边收集藏品，创建了中国的第一家博物馆——南通博物苑。

在我居住的中欧国家瑞士，有很多各式各样的博物馆。

如果在瑞士的博物馆分布图上为这里的每一家博物馆都亮起一盏灯，它们一起发出的光芒肯定会让你暗暗一惊。一个面积仅仅如半个重庆大小一样的袖珍小国，却坐拥一千多家大小不一、风格各异的博物馆。它们分布在不同的地方，像繁星一样密集，也像繁星一样闪烁，一并照亮了整个瑞士博物馆文化的夜空。

对于任何一个国家，博物馆建设的水平就像一面镜子，能映照这个国家文化的高度。所以从某种意义上说，博物馆建设也是一个国家的灵魂。按照藏品及功能的不同，瑞士博物馆协会将本国的博物馆大致归纳成八个类别，分别是考古博物馆、艺术博物馆、历史博物馆、民俗博物馆、主题博物馆、历史自然博物馆、地区博物馆，以及技术博物馆。不过，这种划分并不是绝对的。尤其是在展现瑞士近代人文生活形态和民族风俗的博物馆中，有为数不少的博物馆都可以被归纳在双重甚至多重的类别，它们也许从局部上反映一方水土的地方特色，但又从整体上泄露出历史的微妙变化，与整个民族的格局遥相呼应。所以它们既是地区的，也是民族的，甚至是历史的，同时也担当起多重的功能，饰演着并不单一的角色。

要是你带着解谜般的心情来到瑞士，除了雪山与湖泊、手表和奶酪，到这些博物馆来参观采风，一定是个不错的选择。它们每一个都像一个社会的缩影，既隐藏着历史的玄机，也透露出人文的智慧。一步走进去，就如走进一条条时光的隧道，遇见一个个历史的现场，每一个迈步都是一次深情的回眸，让人在古老的时光里能享受那些品咂不尽的旧时风貌。

在所有的博物馆当中，露天的民俗博物馆是我的首选。了解博物馆历史发展的人也许知道，一百多年前在北欧掀起的露天博物馆热是近代民俗博物馆发展中一个重要的标记。1891 年，在瑞典斯德哥尔摩落成的斯坎森露天博物馆就是世界上露天博物馆的首创。

瑞典的露天博物馆无疑给欧洲诸国包括瑞士都带来了启发。1963 年，瑞士联邦委员会成立了专家委员会，也开始讨论瑞士本国的巴伦伯格（Ballenberg）露天博物馆的修建问题。1968 年博物馆进入正式奠基阶段，着手为那些有历史与文物价值但年久失修的老房子登记入册。十年后的 1978 年，巴伦伯格露天博物馆在伯尔尼州终于正式落成，开始对外开放。

为了确保带有不同地方特征的旧建筑和老房子能够在全国的海选中被均衡地挑选出来，政府把建设巴伦伯格露天博物馆的整个学术内容都交由专门研究瑞士农舍的本国专业人士进行规划。

在开放的初期阶段，巴伦伯格露天博物馆的规模并不算大，只有 16 座古旧民居。两年后慢慢递增至 25 座，到了 1985 年达到 61 座。今天，馆区内已经拥有老房子及其他辅助建筑物超过 100 座。

每一间优秀的博物馆都是对盛世的一种超越。它们承载了无数历史的信息，能让观者一手推开时光殿堂的大门，就遇到停不下来的惊喜。巴伦伯格露天博物馆就会给予人这种感觉。它的重大意义在于它既不是一个微缩景观类型的博物馆，也不是仿古式的重建，而是把各具代表性的瑞士民居与附带建筑物作为人文见证与人类遗产整个移挪，重新辟地，集中建立在博物馆区域内六十六公顷大的专用土地上。

这种对历史的尊重和挽敬之情甚至体现在每一栋老房子旁边的展牌上，这些图标都认真地标注下老房子的原址，甚至用不同的文字阐述了老房子的历史。建设者务求一砖一瓦都保留原来的面貌，不让时光或者搬迁销蚀掉任何一个细节。

用心的保护和记录使今天的巴伦伯格露天博物馆能够以一个原汁原味的传统村镇面貌示人，除了房舍、教室、粮仓、店铺、作坊、磨坊、畜舍都与过去一样，还有花园、田野、牧场、草地甚至代表整个本国家畜范围的动物多达两百五十种。

不仅如此，馆内还有三十多种手工作坊的制作还原展示，制陶、织布、钩针、打羊毛、做面包、熏香肠、制奶酪……参观者不仅能见到本国的真人示范，还可以自己动手参与劳动，如果有需要，甚至可以在这里旧式的理发铺里让老师傅用传统的古旧方法帮你剃个头或者刮刮胡子，以鲜活而生动的方式去唤醒那些沉睡的记忆。

除了露天的民俗博物馆，地区专有的民俗博物馆也是了解当地人文生活形态的一个重要窗口，能从微观上去发现更多关于传统与民俗的风貌。在瑞士，这种对历史的真诚把一种毫无功利的文化事业推到极致，像呵护祖先的基因不被时间所吞没一样虔诚，让后人永远有明白自己进化的参照物。

地区性的博物馆在瑞士遍地开花，在这里，几乎每个城市，每个地区，甚至很多乡村都建设有，它们肩负着收藏时光的功能，以卓远的眼光和珍惜历史的强烈责任感去尽力呵护一个地区所有的人类文明活动痕迹。

在瑞士阿劳州一个叫科里肯的小村庄，我曾经好几次参观过当地的村博物馆。跟大部分瑞士的地区博物馆一样，这座村博物馆原来是一座普通的农舍，房子本身已经拥有超过二百年的历史。虽然闲置，但房子的面貌和位置还甚好，最后由村民投票赞成改造成村里自己的博物馆，并于1987年正式落成。

与其他的地区博物馆大致一样，科里肯的村博物馆由村政府独立管理，包括藏品的收集、整理及志愿者的工作时间安排。在从普通民居到地区博物馆的转变过程中，这座房子基本保持了原来的面貌。

瑞士的冬天严寒漫长，人们的户外活动很少。因此，科里肯的村博物馆和很多同类型的小型博物馆一样，在冬天会休馆整整一个冬季。一直待到第二年开春的时候，博物馆才重新开馆。每一年重新开馆的时候，村里都会举行盛大的庆祝活动，标志一年的开始。

　　地区博物馆的藏品一般都是由热心的村民免费捐献。这些藏品包括不同年代的农业用具，如犁田机、割草机、播种机、脱谷机等，还有用于近代手工业生产，包括纺线、织布、制烟、修鞋、洗衣等等的工具，甚至有各种透视人民日常生活的小物件，例如腌制和储存蔬菜过冬的机器和用具，各种酿酒的木桶，甚至细微到根类蔬菜和鲜蛋的传统保存方法等等，都有实物展示。

　　这些传统的用具多是手工的作品。同时，也是时光的作品。它们每一个都是历史的见证，保留了岁月的质感，暗含了时光的颗粒，使生活在这里的每一个后人在回顾自己祖辈的历史时都不至于含糊其词，更不会让走过的路湮灭不清。

　　在博物馆二楼的生活用品陈列室的楼梯口旁，我见到有从当地收集来的旧式捕鼠器将近二十个，它们来自不同的家庭，甚至不同的年代。每一个都各具形态，大小也不尽相同。像一个个时光的谜面，还原了一些关于村庄的真实信息。

　　同时，它们也是自然地理的倒影、历史进化的倒影和人类内心的倒影。尽管已经锈迹斑斑，但那种活泼的生锈不仅为文明留下了前进的轨迹，也正好说明博物馆未必只是珍贵文物或者鼎铛玉石的收容之地。

　　和贵重的古董藏品不同，堆放在这些民俗博物馆里面的小玩意难免会显得有点卑微，显得脱节，似乎与当下的生活更是毫无关系。所以我觉得博物馆的故事都是讲述给有心人听的。从某种意义上看，它们是历史的边角料。然而依然能够在时光的深处，闪着自己熠熠的光芒。

从大概一百年前开始，出于火灾等因素的顾虑，瑞士绝大部分像这种以干草做房顶的老房子都逐渐演变成木质的屋顶，经历了一场彻底的改造。而科里肯村博物馆所在地的这座农舍，由于原主人对传统的固执，使这座老房子保留了以干草做房顶的传统面貌，而在今天得以成了建筑文物保存典范中的典范。

除了藏品浩繁的国家大博物馆、露天博物馆和地区性的博物馆，这里还有各种各样奇奇妙妙的博物馆，能招引博物馆迷前往去听故事，过把瘾。它们一般都是小规模，甚至是家庭博物馆。未必属科普类也不一定具有艺术性，而更多是携带独特的趣味或者情感。

例如，瑞士埃斯塔瓦耶的青蛙博物馆就是一家古怪而又充满趣味的博物馆。在这间博物馆内，你可以看到108只形态各异的青蛙，有上学的、参军的、剃须的、在桌边打牌的、骑松鼠的和上课的，各种不同姿势。

这些青蛙都是由曾做过拿破仑守卫军官的弗朗索瓦·佩里耶（François Perrier）先生在1848年至1860年制作。这个怪异的军官对青蛙有一种特殊的爱好。他在郊外偷偷收集活青蛙，把它们带回家后除去内脏，再往腹中填满沙子。之后，他就把这些青蛙摆成不同的姿势，有时候甚至穿上图案诡异的衣服。今天，当我们在青蛙博物馆里观看这些青蛙摆件时，就像看见了 19 世纪的日常生活场景，属于一种非常特殊的记录。

而在瑞士的瓦莱州门德村，少有人知道这里生长着全世界最昂贵的藏红花。村里在 1437 年创建了藏红花博物馆，是中欧地区唯一的藏红花博物馆。这座小型的建筑物原来是一座谷仓，也是瑞士现存最古老的木构建筑之一。游客可以从这家博物馆了解到各种各样关于藏红花的百科知识，包括传统的种植方法以及各种食用方法。

不管博物馆的主题和形式如何，对旧物的依恋都是一束望向历史的温柔目光，是一份对时光的依恋，对历史的依恋，以及对人类文明发展过程的依恋。

在瑞士，我们可以从这份执着里去发现一种自信，发现一种精神。它并不与时代成长的脚步形成对抗，相反，它以实物自我言说的方法记录下这种发展的脚步，让历史无论长短都不会出现断裂的痕迹，且能起到交流和教育等重要社会作用，使保护历史与时代进步并行不悖。

2015 年 3 月

绕不开的相遇

　　我偏爱从水路进入澳门。当幽邈的遐想穿过友谊大桥，航船把我渡进澳门外港的怀抱，几百年的濠江风月就会在眼前骤然清晰起来。一上岸，码头的海风猎猎拂脸，一栋栋明亮的欧式建筑开始在视野内与亚热带的树荫互相掩映，街巷纵横，市声晴暖，光尘里所有的旧年风情就会亲切得近在咫尺。

　　与澳门相遇，有不少东西，是你一定绕不开的。

　　比如一碗温热的凉茶。

　　凉茶文化是粤港澳地区传统生活的一种体现，也是先民养生智慧的传承。在澳门，闹市、偏巷、道旁、树下，凉茶铺或者凉茶档多得数不胜数，草药之馨无处不在。它们安静地守护着一方人。无论你是带着一种何样的心情来到澳门，它们都能进入你的视野，让你和这种传统的情怀撞个满怀。王安石说："茶之为用，等于米盐，不可一日无。"我敢肯定，说的也是澳门风情中这种凉茶入世的平凡日子。

廿四味、五花茶、雪梨茶、鸡骨草、火麻仁、夏桑菊……这些都是澳门最常见的凉茶种类。这些质朴自然的名字，像清明夏日里飘过的一阵海风。除了非遗项目的标志，除了古色古香的招牌，澳门的凉茶铺至今仍有使用铜制大葫芦盛凉茶的习惯，颇有古风。关于凉茶铺喜用铜葫芦盛凉茶的传统，民间曾有佳话流传：话说当年林则徐在广东禁烟，因劳累生病，有达者为其熬制草药，药到病除。林则徐感恩有余，就送去一具铜葫芦，寓意"悬壶济世，普救众生"。后来，医家们纷纷仿效，铜葫芦盛凉茶的习惯就这样在粤港澳的民间渐渐传衍开来。

面对如此古老的事物，我情不自禁地伸手在一个铜葫芦上摸了一下。忍不住，又摸了一下。其实，葫芦里装的是什么茶，茶是用什么草药熬制而成的，对我来说，都不重要。重要的是，茶滋于水，水借于器。铜之器物，自古就与悠久的凉茶文化结缘。所以古铜当属远年也当属往事，触摸它犹如触碰到岁月的皮肤，会唤起我对草药之馨的无限眷恋，也会让一些远去的回忆骤然重现。

我儿时居住的地方就曾住过一位以卖凉茶为生的老先生——一个典型的草药迷。我记得他家中有一面靠墙的中药柜，上下左右七排斗，古木泛光，端庄典雅。岭南地区潮热多雨，每逢盛夏时节，老先生就会抓紧艳阳高照的大好时令，把各种名目的中草药搬出来晾晒，在蝉鸣起伏的小巷深处，摊开一地古典的中国香。

老先生是位慈爱的长者，知道我习画，有一年还送过我一本年代久远的中草药对照图册，供我临摹着玩儿，让我在一亩初受启蒙的心田上去徐徐布绿，花开冉冉。在老人家送我的这本旧书里，我就曾见过一笺廿四味的古老配方。钢笔字，手写体，记录竟是如此气派：水翁花、榕树须、金樱根、蔓荆子、金银花、鱼腥草、蒲公英、相思藤、冬桑叶、木蝴蝶、金钱草、白茅根、淡竹叶、板蓝根……活色生香的一串名字，似乎每一个都挂着露珠在纸上发芽，而每一胚绿芽也都穿透了时间，来到今日。我总会情不自禁想起它们，想起它们在四季往复的时光里如何独自清宁，独自等待，等待从换季的深巷里传来的第一响咳嗽声。

顾客去光顾凉茶铺，店家一般都会主动问上两句关怀健康的话，用语言为客人先把个脉，使凉茶铺里始终洋溢着温情。这里包含手艺、茶温、传统与人情，旧时光里同一范畴的美好都保留下来。在澳门，凉茶生意的延续多以家族传承为主。这种手把手的传承之美很温馨，它让清妍的草香在这片岛屿上盘桓了几百年，而且，仍然会生生不息地延续下去。卖凉茶的人，他们一辈子就那样知足常乐地守着一宅老铺，从早到晚，世世代代，在老铺里头烹煮一锅凉茶，也烹煮那四季往复的时光。

煲好的凉茶大多药味醇厚、汤色浓郁,有点儿像普洱茶又略带草药的苦味。我要了一杯清心下火的廿四味,只是那么轻轻一口,就有一股淡淡的苦味在舌苔上慢慢荡漾开来。按照传统中医的说法,下火清心最好的办法,就是苦味。这是中国养生文化几千年的生活积累,也是透视人生真境界的一种,过日子也如品凉茶,理解了苦味,参破了苦谛,才说得上是真正品透了人生。所以喝凉茶清心,自有一种别样的感受。一碗微温的凉茶,就能压住一捧慌乱不安的神。

深谙澳门凉茶文化的当地朋友曾特意让我欣赏过上世纪五六十年代的几帧黑白老照片。照片里,从凉果、报纸、吊扇、中式台椅到旧式的收音机,目力所及的全部元素,既传统又清雅,无一不是旧时光里那种散淡从容的市井风貌。当然,还有盖在瓷碗上防止凉茶散热的那种圆玻璃盖,它们滴着新鲜的水珠,很温馨也很怀旧,让我看着看着不禁憬然一悟:这焐热的何止是一碗茶啊,而是一方水土所蕴含的全部民俗与人情呢。隔着怀旧的相纸,我仿佛还隐隐听到了从凉茶铺附近的清平大戏院里传来的戏曲声,声声不绝。

在一个老字号凉茶铺,我还见过精巧别致的手工小竹凳工艺品,晾挂在凉茶铺的门口零售。它们用老式的红色鱼丝袋装着,朴素地悬在阳光里,有一种把岁月凝固在古老时光里的况味。关于这些手工小竹凳,坊间流传的说法是,澳门的老凉茶铺过去都摆着竹凳招呼茶客，如今不便摆在人行道上，所以在门前挂点小竹凳意思意思，表示此店是老字号。不过，有人专程去请教，反馈回来的解释是，这些手工的小竹凳其实是一位澳门传统老匠人自己制作的手工艺品，因为做得精巧，很受游客欢迎，所以凉茶铺也帮他做点零售。两种解读异曲同工，都有着一泊对传统文化不渝的情怀，让我由衷欢喜。

除了一杯温热的凉茶，到了美食天堂般的澳门，还有一种手工的传统美食是小饕餮们绕不开的。途经氹仔市区买完手信，游弋街头偶遇店铺充满传统韵味的橱窗，令我惊喜不已。

橱窗上面，除了数个老饼店怀旧版风格的饼盒，还挂着两张小木凳，一把旧算盘，一把大葵扇以及几个老饼模和竹簸箕，全是旧时光里那些曾经再熟悉不过的居家小器物。它们古朴，原始，内慧。看似琐琐碎碎的温情却能形成一种强大又沉静的气场，压住车水马龙的闹市的喧嚣。

簸箕上陈列着几个杏仁饼、核桃酥、老婆饼和紫菜蛋卷样板，全是澳门最有代表性的经典小吃。不过，我敢打赌，如今它们已经远远不仅是澳门传统饼铺的招牌手信，在旅游文化日趋成熟、地域标志颇被重视的当下，它们早已上升为澳门的乡愁符号。

橱窗里，几个原色的竹簸箕映照出一种历经岁月洗刷之后所独有的清素之美，比任何一种刻意的人工着色都更为温婉，更为淡定，正适合游客走马观花的路过时一并去怀旧，一并去念想，修复霓虹都市的旧梦。

几个俏皮的年轻人嘻嘻哈哈地簇拥着在我身边停下来，指着橱窗里展示的几个饼模互相发问。我不知道他们的年纪，但对于眼前这些饼模的年纪，倒是心中有数。我曾经参观过一个传统老饼模的回顾展，大致了解过中国民间饼模的艺术特点。知道中国的饼模有象征团圆的圆形，还有游鱼、莲蓬、蝴蝶等等形状。

在瑞士，传统饼模的篆刻多以人物头像和对称图案为主，而中国传统饼模上的吉祥图案更注重喜庆的意味。作为传统审美的一种物化现象，中国的饼模像是枯木上开出的吉祥之花，不仅以图案与寓意对应的形式镌刻着我们祖辈世代对幸福的期盼，还以一种积淀深厚的艺术形式承载了流转于我们唇齿之间的丰富情感。所以，它们既是中国生命礼俗之美的一部分，也是历史的印记。

饼模的材料多为梨木、桃木、枣木或者杏木。除了福禄喜寿、花好月圆的美好寓意，除了民间老匠人的一掌手温，眼前的每一个旧色透亮的传统老饼模身上，还枕着一抹大地的果香。澳门以一颗敬谨之心告诉我们，传统文化曾如何让这片土地上的生活变得吉祥而美好。

时光悠闲。橱窗上的几个小器物在阳光下显得越发沉寂溢美。它们安然，它们不语，仿佛在静默中与我们一同回忆，回忆那些濠江两岸的流金岁月。就这样，我在澳门的街头竟不知不觉地站立了很久，始终没有离去之意。也许，一方水土真正的美好，从来就不在显山露水的潮流里，也不在一掷千金的时尚中，而在这种淡处见真味的烟火人间，在这种日升月落、四季微茫般的宁静里。

驻足间，几辆货运车在我身边驶过，车身外印有"紫菜三文鱼松凤凰卷"的新产品广告，前头还特意加注了"首创"的字样。同行的朋友告诉我，在澳门，几家老字号饼铺间一直存在着激烈的商业竞争，所以新产品也层出不穷。货运车朝着著名的官也街方向远去，驶向那条美食如云、店铺林立的手信街。

我突然很想感谢这些竞争。因为有竞争，才使一门手艺的传承远远不只是传承，而是有了各自的创新和发展。我曾听说过，作为澳门的标志性小吃，澳门的杏仁饼是外地游客从澳门带走最多的手信之一，知名度比任何一位澳门明星都高。可见，一门传统手艺的光芒也能照亮一方水土，为当地的文化延伸一段不朽的传奇。

循着澳门的美食地图探访寻幽，一路上，让人念念不忘的传统美食多得数不胜数。现卖手工制作花生糖的露天档位我就见到过两家。一家叫合记，另一家叫肥仔记。他们现做的花生糖不仅香脆可口，而且招牌上起的也是传统老铺的经典名字。吉言吉语，自是妙不可言。况且，书写又是醒目的中国红大字，富丽而蕴藉，让我只是那么浅浅看过一眼便过目不忘。不像我在欧洲生活了十多年，那些让我半懂不懂的洋街名，不少就在我的寓所附近，但至今我还是没有把它们清楚地记住。自然，也没有如此生动的回忆。

除了花生糖，还有爽滑筋道名不虚传的手工竹升面。可惜这一回我只在澳门尝到了面的风味，无缘亲眼见到竹升面的手工制作过程。据说，面条的韧度和好吃的秘诀完全在于手艺人用一根油竹在面团上反复碾压的耐心。而手艺的传承，靠的又是老铺掌门人对传统的一份敬畏。

我曾读过清代袁枚写的《随园食单》。关于面条食谱那一章，记得他写过鳗面，写过鳝面，写过打卤面，甚至还写过旧时扬州定慧庵的僧人最拿手的素面，唯独没有提到澳门的竹升面。如今想想，他老人家肯定是知道日后我会来澳门考察传统文化，故意留给我写的。

世上养眼的地方不少，但是养心的地方却不多，澳门以它对传统文化的脉脉温情让人产生特别的敬意。这让我不禁想起一句话："传统是祖先对后世的馈赠，传承是后世对祖先的敬意。"在澳门，这种互惠的光芒无处不在，且能自成气场，使一方水土在容得下浩瀚的繁华时尚和异族文化时，也容得下自己民族古老的旧年风情。

与澳门的告别，还是走水路。踏着这城市通明的灯火温柔上路，身后的澳门天高地阔，水光摇曳，夜航的旅程显得既庄重又浪漫，还夹杂有一点离别的凄美。这种况味让我忽然想写诗为记，不巧的是，口袋里竟没有纸笔，只翻出一枚不晓得何时遗漏的澳门硬币。

小小的硬币上印有澳门传统舞龙的经典画面，姿态威武，十分传神，握在掌心里，仿佛连远年的锣鼓声都依稀可闻，足以让游子落泪。面对茫茫碧海，我转身借走一叠滔滔的浪声，借走一泊璀璨的灯光，怀揣向传统致敬的一腔深情，轻轻把硬币抛向水面，此时无声胜有声。

2015 年 6 月

老城之夏

每年一到夏天，我就喜欢穿上素色的衣裙和布鞋，烤着太阳，到附近一些古旧的老城去采风。

山国之夏，空气清凉。漫步在老城的街巷里，一路拂脸的风像是薄荷滤出来似的，给人一种特别散淡怡人的清新感觉。欧洲的老城少有十字路口，只要沿着斜斜的街巷一直走下去，脚下的路就会自然而然地把你带到城市的中心广场。

在欧洲，广场是一个城市的中心。它有两种主要作用，一是社区生活中各种文化节庆活动、重大庆典和集市贸易的核心场所；二是市民户外活动、聚会、打探消息、议论时政和娱乐休闲的公共空间。广场有方形，也有圆形。在瑞士，以我见过的广场来说，它们大多是中世纪时期的建筑风格夹杂欧洲古老庄园和城堡的特点。不管是古董旧货市场还是日常的蔬果市场，广场上的露天集市都是我每次造访时最流连的地方。

　　闲逛露天蔬果集市真是像参加一场富有一方水土生活特色的视觉盛宴。尤其到了万物竞相生长的夏季，除了轮番登场的新鲜蔬菜、水果、鲜花，集市上还有欧洲的乡间土特产，譬如香料、干肉、蜂蜜、香醋和奶酪出售。游人置身其中，盈盈满怀的都是人间喜气，生活真味。

　　集市虽然临时建在露天市场上，但是出售的农产品均明码标价，一副井井有条的样子。我曾经留心观察过，到老城蔬果市场上赶集的多半是瑞士本地的农人。我尤其喜欢围观那些只出售有机作物的摊档。这些农人，家里多半种植着几块面积不大的农田，一如既往依照着当地农人的传统日历自然种植，所以每回带来集市上出售的，都是数量有限的当季新鲜有机农产品。

　　这些近程销售的有机瓜果蔬菜形状多是参差不齐，个头也大小不一，像极了我记忆深层儿时故乡田垄上那些久违的乡村真味。如果运气好，偶尔还能在集市上遇到出售本地新鲜香草的农人。阿尔卑斯山丰富的香草资源一直就被当地人世世代代钟爱和享用着，除了入菜用到的欧芹、迷迭香和百里香，我在集市上见过的还有可以入茶的香子兰、鼠尾草和薄荷。每一次看到它们，我都会忍不住凑近去深深地闻一下。幽潜的草香会漫过我的衣裙，在静美的时光里留下一捧芬芳馥郁的念想。

露天集市还是传统手工匠人的制作演示场所。大概是去年的夏天吧，我在德语区一个老城的露天集市上，偶遇两位现场献艺的传统打铁匠和皮具匠，亲身体会了一回山国的匠人精神。还有那些全靠手工打造的个性化独家小商品，譬如家庭作坊制作的炼蜜、果酱、手工蜡烛和天然香皂等等，样样都是精致的小信物，让人捧在手上都不忍放下。

要是碰上西方的宗教大节日前夕，比如复活节或者圣诞节，露天集市上还出售各种个性化的应节产品，譬如精美的圣诞树挂件，或者是个性化的复活节糖果和鸡蛋，为阡陌纵横的日常生活延伸出许多丰盈和诗意。哪怕只是随意逛逛，单纯感受一下山国人民的传统气息和生活情怀，也是一件心旷神怡的美事。

我记得有一回夏天，在沃州沃韦小城的露天集市上，我被刚刚上市的各种当季鲜果吸引，情不自禁地取出手机来拍照。身旁一位活泼又优雅的老太太笑眯眯地问我：

"姑娘，你为什么拍照呀?"

"我拍照是因为觉得它们太漂亮了，不是吗?"

"是哪，是哪，太漂亮了。所以我不买也走过来欣赏一下。"

好一位感善的老人!就是这些生活的真味，使时光里每一个幽微的细节都显得散淡而精致。

除了临时的集市，广场还是各路画家、音乐家和街头艺人的聚集之地。往往，乐队的献艺表演最具震撼力，音乐从他们的手中如山泉般倾泻而出，流淌至老城的每一个角落。不过，装扮成雕塑一样的街头表演却是小孩子们最感兴趣的事。孩童们半信半疑地盯着那些纹丝不动的人物时，天真的眼神清澈美好，赛过一季鲜妍的夏花。

以顺应民生的需要，从形成到兴盛，广场文化于欧洲，不愧是建筑艺术上一种人性化的留白。哪怕，不去看集市，只是随性品鉴一下沿路装饰古朴雅致的店铺，欣赏几个眉目清朗的少年或者是打扮精致的妇人，甚至，单单看看沿街家居的木艺，门庭的铁艺，窗台的布艺或者是小庭院里种得精致的花草，漫步在舒爽的夏风里，也能在老城典雅的气质里自成一场养心的行走。

阳光悠然。树丛的光影倒映在地，时浓时淡，如若画卷。那些铺在老城主街上一路延伸开去的小石块，至少有几百年或者上千年的历史了吧。它们静卧着，一块块，历经过时间的沐风浴雨，听过硬瘦急促的牛马车声，如今终于在安宁的岁月里偃音息声，如时光河道里沉淀的一个个历史音符，以静默的姿态为来来往往的游人讲述着老城的故事。

欧洲的夏天，太阳下去得晚，商店却会如常关门。这里的宗教文化鼓励人们多去享受家庭生活，所以到了傍晚六七点间，路上的商店就会陆陆续续闭门谢客，而太阳却要持续到晚间十点才隐退下去。这个时候，我多半逛累了，但喜欢在老城的主街上找个位置坐下来，喝几口闲茶。

　　老城的主街道上，往往，两旁都有本地的特色餐厅和酒吧。这些店店面一般不大，但设计却十分出众，装饰古雅大方。到了夏日，就会有餐桌摆在门外，供客人在半晴的树荫下用餐。

　　一般来说，我最喜欢挑老城主街入口的第一或者第二家餐厅坐下。这样一来，目力能抵达之处就可以把整个主街的风情一一览尽，将每一个细节都尽收眼底。一排排的梧桐树，一条条窄窄的巷道在眼前一路铺开，都是一幅幅最逼真的老欧洲风貌画。

　　老城里的民居民舍，都是有几百年历史的老房子。依照传统的欧式风格，房檐下临街的窗户均是左右对称，色彩斑斓，给人典雅的设计感。窗台上姿态散漫的花草，在似有若无的夏风里摇曳着，隐隐逸出一种静美岁月的安详来。

　　还有那些攀着护城墙生长的玫瑰，年份肯定已经十分久远了，居然都长成了一株株枝粗叶壮的玫瑰树。到了阳光充沛的夏天，花开亭亭，一树娇妍，散逸的都是深浓的甜蜜。

　　假若只为图个幽静，偶尔，我也爱逸身在老城某个甬道的树院里，选一处树荫坐下，翻看一本闲书，或只是静静地坐着，享受夏日里更加幽远宁静的慢时光。

　　瑞士的气候特点是冬长夏短，这里绝大部分家庭没有冷气配备，甚至家里连风扇都没有。欧洲传统老房子的外墙十分厚实，所以哪怕是遇上一个炎炎夏日，室内气温都不至于让人难受。而且，房子底层的地窖还会别样清凉，也是避暑时一个不错的去处。

记得有一年的夏天，我旅次意大利南部，气温一直徘徊在38摄氏度上下，暑气十分灼人。沿袭当地人午睡的传统，路旁的商店在午饭后统统闭门谢客，一直到下午四五点才重新开市，很有古风。都说欧洲人天生具有审美的禀赋，活得很有品位，以我在欧洲生活将近二十年的观察，他们在生活上的品位就来自对自然规律的坚持，以及内心天人合一的善愿。

说来惭愧，我至今还没有喝餐前酒的习惯，然而，却爱上了在主食端上来前，学着瑞士人一样，先吃一点健康有益的全麦面包，享受蓬壁溢散麦香的感觉。山国居民生活节俭，和其他地方相比，瑞士餐馆的菜式实在算不上丰富，一般都是一些老牌的经典菜，间或有几个独创的招牌菜。不过，山国是奶制品的盛产之地，所以这里大部分的菜式都配有浓郁的奶油或者奶酪，对于喜好奶制品的人来说，就真是最好不过了。

譬如说，瑞士第一大城市苏黎世，当地最出名的地方特色菜就是一种用小牛肉制成的菜肴，配菜是蘑菇土豆饼和香浓的奶油酱汁。这是我每回逛完苏黎世老城时必点的主食。苏黎世的城市地标是双塔高耸的格罗斯大教堂，从这里拐入老城不远的地方就有著名的伏尔泰酒馆——不少外地游客慕名造访之地。

伏尔泰酒馆是1916年达达主义艺术运动的发源地。达达主义艺术运动是唯一一场从瑞士发起并震撼全球的文艺运动，前年正好是运动的百年。酒馆在老城尼德道尔夫镜子胡同1号，倚在老城的一个斜坡上。就是这么一个不起眼的小酒馆，让你想象不到的是，竟然在百年前张开怀抱接待过无数醉醺醺的著名诗人、艺术家和野心勃勃的革命者。

在中部的旅游名城琉森时，我则多会点上一种蕴含瑞士阿尔卑斯地区特色的奶油烤菜。这道菜最能体现瑞士食材的特点，主要材料是土豆、通心粉和洋葱，做法是配上奶酪和奶油在炉子里热烤。成品奶酪融进其他食材后，叉子一伸进去就能拉出一丝丝的奶酪丝来，分外诱人。

我从一份官方的资料里看到过，瑞士人平均每人每年消费牛奶和奶制品高达一百四十公斤，约是谷物的两倍或者肉类的三倍。由传统农业国慢慢蜕变而来的瑞士，由于本土物质资源非常贫乏，饮食文化里依然保留着传统农家菜的质朴特色。比如堪称瑞士国菜之一的烤黄金土豆饼，就是一种以黄油煎土豆丝制成的烤薄饼。它的用材真是再简单不过了，无非就是土豆和黄油。它既是国民餐桌上的家常菜，也是很多餐馆的常年配菜，特点是糯、香、甜、面，厚实抵饿，特别实在。

首都伯尔尼的特色菜伯尔尼拼盘也是山国传统农家菜的一个典型代表。这道菜的材料很乡土，也很丰富，由牛肉、熏猪肉、牛舌、熏猪肚、熏排骨、猪前肩、猪肘子、口条香肠、猪耳朵或尾巴等肉食一并拼成，做法是与用杜松调味的泡菜、腌萝卜、青豆和土豆一起放在一个大浅盘里慢慢烹制。脂甘肉香，捧到面前，直教人忍不住大快朵颐，吃个痛快淋漓。

所以，我就爱偶尔挑个阳光明媚的夏日钻进伯尔尼的老城里去闲上一天。幽潜在土红色的屋顶、鹅卵石铺就的巷道及石灰岩的拱廊间，反复感受这个世界文化遗址的无穷魅力。伯尔尼老城的主街上有个大钟楼，是旅游书上一个重点推荐的景点。大钟每到整点就会持续地敲打上好几分钟。钟声咚咚，浑厚有力，能穿透整个安宁的老城，令人恍如置身于旧电影里的老欧洲一样，在古意里生出今思。

爱因斯坦年轻时就在伯尔尼老城里居住过，而且在这里发展了后来举世闻名的相对论理论体系，用平静而辉煌的两年时光，彻底颠覆了人们对时空的理解。他的故居就是克拉姆大街 49 号一栋昏暗狭窄的小房子，如今已经改成了爱因斯坦的故居博物馆。我曾经爬楼梯上去参观过。这间隐匿在老城里的公寓毫不起眼，室内布置甚至算得上简陋。但我猜想，恰恰是老城如此庄重古朴的气氛，给爱因斯坦在伯尔尼居住期间的科学研究生涯涂抹上了一泊静谧的底气。

夏天是瑞士的旅游旺季，在这个季节里，每个老城都会举行一些节日展览或者节庆活动。比如苏黎世往北有一个叫佐芬根的美丽小城，每年由春入夏时都会在老城里举行隆重的鲜花节。节庆上，当地人都穿上传统的衣服示人，游人行走在花海中，恍惚间有一种穿越时光的感觉。

鲜花节上还有一个亮点，就是当地农人竟用鲜花把自己家里的拖拉机打扮得花枝招展，然后一辆一辆开到老城的路上去显摆，那份自信与从容，真让我感动。确实，传统从来是不丢人的。这就是瑞士人的可爱之处。一边努力创新，一边竭力守旧。只要传统尚在，人们就不会忘记百年前的穷乡僻壤，并从中谨记感恩和惜福。

在有钟表名城别称的日内瓦市也有一座我最熟悉的老城。老城依偎在小山坡上。沿着山坡的石子路一路蜿蜒而上，转个身，站定了，就能与碧蓝的莱蒙湖相遇。老城坡底是各种奢侈品牌店林立的中心商业街。那么昂贵的黄金地段，让你意想不到的是，却有专门出售各类旧图书、旧画册、旧邮票和旧书稿的店铺夹在当中，古老的文化遗风和现代的时尚并行不悖。

这种繁华深处的留白，无不透射出一种慧美和笃定，使一方老城既没有过快的节奏，也容不下失去灵魂的追逐。很多年过去了，我越来越觉得，我就喜欢一个住人的地方有着如此的情怀，在宠幸新派时尚和锦衣玉食之时，也从不怠慢那些传统的物事和古老的风情。

对于如此迟慢静好的光阴，自然，岁月从来不轻易辜负。

2016 年 8 月

从金山岭到阿尔卑斯

　　在时间的长度上，它走过上下两千多年，历经数朝数代，无数战火烟尘；在空间的广度上，它纵横多个省市自治区，睥睨其他古建筑，高高在上；在历史的深度上，它巩固了华夏疆域的统一，见证过山河破碎、岁月悠长。它是中国的长城，在西方被称作"伟大之墙"的世界文化遗产。

　　我第一次在视觉上被长城的雄伟迤逦震撼到，是在瑞士著名摄影师丹尼尔·施瓦茨（Daniel Schwartz）的《长城》黑白图册上。在摄影界，能够通过一两组镜头去出色地诠释长城的某个部分的达人不少，但具备勇气和毅力去一路探究长城全貌的人却不多。施瓦茨是这小部分人当中的一位。他在长城被联合国教科文组织列入世界文化遗产的 1987 年踏上了一段通往长城的探索之旅，一边追逐一边拍摄被中国人视作精神文化象征的万里长城，为我们留下了丰富、宝贵的记录。

万里之行，始于足下。作为首位被中国官方允许在长城包括未开放地段进行拍摄的外国人，施瓦茨在两年多的长城探索之旅中，不仅要克服寻找两万多公里城墙的各种艰辛，还要应对旅途上一个个事先无法预知的障碍。他镜头记录下来的长城内外，有大地长天，祥云盘旋；也有颓垣碎瓦，荒草岁月；这些不同角度和面貌的剖面犹如棱镜的反射，不仅构成了一部关于长城的黑白面相，也同时记录下一个欧洲人护惜人类文化遗产的动人之情以及挽留历史的虔诚之心。

巧合的是，在我初次踏上金山岭长城之前，我正好在瑞士进修旅游管理学。施瓦茨所在的城市索洛图恩离我的住处仅是一站路之遥。每一次，当我在周末的黄昏途经索洛图恩，心里都会情不自禁地想起这位具有东方情怀的摄影师，以及他镜头下的长城之美。这份从历史载体上悠悠上升的乡愁既庄严又温柔，犹如施瓦茨亲手把长城上的阳光为我剪下一方带了回来，悬挂在我彼岸的心窗上。乡愁是一种模糊又具体的思绪，在我的记忆里，它曾经是崔颢的《黄鹤楼》、李白床前的明月光或者余光中诗里那一枚小小的邮票，而到了后来，施瓦茨镜头下的长城影像成了更确切的思念，为我的乡愁画了一个具体的轮廓。

怀着这种向往，为回应一份古老历史在心中的召唤，我于千禧年与我的瑞士夫君一起沿着施瓦茨指引的方向登上了金山岭长城。山风轻摇，芳草悠悠。拜访金山岭当天天气明朗。站在城墙上放眼远望，暮秋的阳光由远而近地铺洒在长城的每一块砖石上，碎金满城，天地寂然，让古老的金山岭显得格外深邃而有层次。这一眼让我猛然意识到，眼前的长城，不再是施瓦茨图册上的影像，而是绵亘在我面前的真实面貌。我兴奋地攀上更高点极目远眺，只见金山岭上的长城一路蜿蜒，它雄壮地攀延于山脉上最险要的位置，又随重峦叠嶂的山脉剧烈起伏，似乎没有确切的起点，也看不到清晰的尽头，犹如一条依山凭险的东方巨龙，永远在延续一个未完的延伸。这种由视觉抵达身心的感受是震撼的，它让我体会到一种生命中从未有过的豁达和开阔。

金山岭长城西起龙峪口，东至望京楼，全程 10.5 公里，是观光客徒步游览长城最好的一个选择。一路上不仅视野所及之处均为崇山峻岭，林海苍茫，而且东望司马台水库水面如镜，南眺密云水库碧波粼粼，浑然天成的自然之美难以用文字尽然表达。这种视觉享受本已足够把人的身心激荡得无比振奋，而更富层次和美学魅力的是，一路游走的路上还可以细观构成长城军事防御体系的各种建筑，例如战台、炮台、瞭望台、挡马墙、库房楼、敌楼、文字砖等等，展现在眼前的历史遗迹由点到线，由线到面，构成一幅幅视觉冲击图，既真实又具体。行走其中，就像沿着戚继光大将亲手抛出的一条挽接金山岭明长城身世的绳索，让人步步都像行走在历史的碎片中，思古之情悠悠而起。

　　山岭上持久的阳光为长城的每一寸肌肤都注入了和暖的体温。我俯下身去捧起脚边一抔散落的泥土，假想它就是《左传》里齐灵公为抵御诸侯联合部队的进攻而从战壕里挖出来隆起土墙的那一抔土。是它，为长城最早灌注上预防敌人入侵的功能，为一个民族的军事防御系统堆砌下原始的雏形。作为长城的始建者们，春秋时期修建于各国间的城墙为日后长城日渐厚实、日渐延长的命运埋下了伏笔，而长城在中国历史上的壮大却是在秦朝时期才达到了巅峰。

　　根据《史记》的记载，在秦国灭掉六国之后，只剩下当时北方匈奴和东胡游牧民族的困扰。为了抵挡匈奴游骑飘忽无定的进攻，秦始皇前后用了九年的时间，高城深堑，修成了雄伟坚固的秦长城。客观去评价，人和动物一样，都有为了自身安全而设防的必要。秦始皇修筑长城的初衷，确实是为了军事防御之用。然而，历史数据又从另一个侧面提醒我们，秦朝只是一个拥有两千万人口的国度，长城的修筑动用了其中近百万人口，大概每二十人中就有一人参与，是名副其实调动了全国人力物力而完成的工程，如孙中山先生所说："工程之大，古无其匹，为世界独一之奇观。"

　　动用近百万人口而完成的一个建筑工程无论在哪个时代都是一个让人哗然的事件，一个无比巨大的历史消耗。毕竟从时间上它是史无前例的，从空间上也从未在世界上的其他地方出现过。所以历史在记录的同时也在质问，尽管这种质问没有逆转性，但时间却试图通过一种声音去揭示长城深沉历史积淀下所同样负载过的家破人亡和远年恶浊。

孟姜女的哭声就是牢牢绑在长城历史上那一种永远提醒我们专制制度物化现象的声音。她以磅礴的眼泪代表了弥漫在整个时代的悲情色彩，历经无数朝代的复述依然流传至今。没有人知道孟姜女是否真实地存在过，然而却没有人不知道她千里寻夫、泪泣长城的悲壮情节。八百里长的城墙在她得悉噩耗的哭声中轰然倒塌，悲壮之声如一阕哭喊臣民命运的集体合唱，从情感上否定了秦始皇以举国之力去修筑长城的举措。

孟姜女的眼泪在中国历史上流了两千年，也让人间痛了两千年。诉离合，道兴亡；泣生死，泪满怀。感伤至此，我低头抚摸着手上的那一抔土，突然明白，它的热度并非来自太阳的炙烤，而是来自所有修筑长城的工匠们所流过的热血。建立在这些血肉身躯上所形成的长城的气魄，每一抔土都黏合有他们的鲜血，每一块古砖都布满了他们的手温。因此，长城上每一块砖石的折断都是一条河流的折断；每一块砖石的遗失都是一段历史的遗失。保护长城的历史就等于保护整个中华民族的历史。

当岁月的流沙终于掩盖过那些模糊的血肉和白骨，帝王的车马声响戛然平息，围绕长城内外的战火硝烟也彻底烟消云散，今天，长城在历经两千多年的烽火洗礼后，终于得以安静下来，在静卧中细细回味往事。安静的长城是迷人的，它像时间的遗骨，精确地镌刻了历史。它也是强大的襁褓，让历史有了依归。如今，在春暖花开的和平岁月，长城在废弃了军事作用后又被赋予了全新的历史使命，成为一个文化符号与和平非战的象征，继续带领中华文明砥砺前行。凤凰涅槃，另有声色。

当中华民族在脱离历史的腥风血雨后逐渐走向强大，在面对近代西方国家对中国的误解中，长城的存在其实恰好说明了中华民族在多种设防的方式当中，从一开始就选取了构筑防御工事的模式。这种以墙为特殊意象的保守自卫防御思想，像一条坚韧的绳索，缠缠绕绕连接着不同的朝代，一直牢牢地牵住中国的历史，它表明中华民族有史以来以防守立国的姿态，从没有侵略扩张的野心。

消除隔阂和误解的最好方式是交流和对话。瑞士是永久中立国，也是世界旅游事业的主要推动者，作为一位有幸在此促进国际旅游文化交流的中华儿女，它所为我提供的专业训练犹如一座接通旅游实践和人文文明的桥梁，激发了我推广长城旅游文化的理想。位于丹麦哥本哈根的趣伏里公园内有一段迷你的中国长城，如果说它是跨越了领土和疆域而走入欧洲文明去展现长城风姿的旅游大使，那么我是另外的一位，有血肉有声色的，凭着体内流动的民族热血和一份对长城的赤诚，在施瓦茨先生所站立的同一时空下，与他轻轻和唱。在欧洲生活的这些年月，我曾经在各种国际旅游交流会议上多次被外国友人问到我喜爱的中国旅游名胜。每一次，我的记忆都会跳返到我和先生的金山岭之行。万里长城，金山独秀。在我心里，它是最具有长城象征意义的，是外国人游长城的首选，对帮助西方人从中去解读历史上重门叠户、深不可测的中国，意义非凡。带着这份文化良知与使命感，我甘愿穿过金山岭长城的阳光，穿越中华文明几千年的浩瀚历史，怀着广阔的胸襟和目光，怀揣与异族对话的诚意和耐心，沿着长城指引的方向一路向前，从中华文明走入欧洲文明，让历史与现世并行不悖，让中国与世界共臻极致。

2014 年 6 月

龙湖古寨

在我跨越三大洲的行走体验里，潮州的龙湖古寨一直让我念念不忘。

逾一公里长的古寨，刚踏进去时并不觉得惊艳，直到一步一步走下去，当上百座潮式宗族祠堂与名宦府第依次在眼前铺开时，典雅的书卷气息与纷呈的中国元素扑面而来，传统古建筑的空间品格和诸多相对应的传统儒学礼制秩序，以及传统精神就会牢牢地抓住你，让一次漫不经心的行走生成一趟直抵灵魂的旅程，在追忆逝水年华的思绪里，安享传统文化的温馨光芒。

龙湖古寨位于韩江中下游西岸的潮汕平原，这里的古建筑实在是多。它依照《周易》里的九宫八卦修建而成，始创于宋，围寨于明，繁盛于清，又别有"三街六巷"的古典结构，哪怕到了今天，寨内仍保留有宗族祠堂五十多间，名宦府第二十多座，千年的宗祠、府第、商宅、庙宇、民居多得数不胜数，在商业文化张狂的年代，如一块时光的璞玉，在传统的光泽里，不疾不徐，风姿静美。

宗祠文化是潮州文化的核心，它的主要意义是祭拜祖先、追宗思远，不仅对家族的团结具有重要作用，也传承着中原文化几千年的传统之美。主脉属于中原汉人的潮汕人，最早来自河南中州与山西、河套一带，随着历史的迁移辗转入闽，而后入潮，到潮汕后与当地土著及后来入潮的俚、僚、畲、蛋等族群一起生活。为了抗衡恶劣的自然环境，靠海而居的潮汕人渐渐形成了聚族而居的习性，且善于集结血缘宗亲，抱团联结，共谋发展。

龙湖古寨汇集的姓氏比别处都多。其中，不少大姓在寨内均建有宗祠，至今虽已有上千年的历史。我记得的就有"林氏宗祠""许氏宗祠""黄氏宗祠"，它们每一座都有青瓦粉墙、精美的石雕和气派的门庭，端美得如同历史的传奇，让人徜徉其内，无法不对传统的美学精神心怀虔诚和敬意。

我在好几家宗祠里头都转悠了很久，吸引我的，其实不全是它们庄重典雅的古建面貌，而更多的是一份在现代都市里再也难以获得的凝聚力，一种忽然被唤醒的文化回忆。正是新春期间，在黄姓江夏世家的祠堂里，我见到门前竖着一块红色的牌子，张贴有召集家族宗亲进行新春祭祖的公告。祠堂的门额下刻着一副对联，写有"孟春新岁月，江夏旧家风"的句子。如此熟悉的联句，让我看着看着便忍不住默念起来。

面前的图景让我蓦然记起行走在古巴的日子，在哈瓦那中国城的江夏堂内，那一面挂满黄氏后人遗像的屋墙，那个让我泪流不止的黄昏。这些万里之外的游子，这些不为我们了解的历史烟云，是中华民族宗亲文化不可或缺的一部分，也是我后来执笔的华侨史的开篇。

从珠江水畔漂泊来到古巴的十几万华工，百年前都是搭乘着地狱般的货船，离开故土横渡大海的。漂泊他乡之险，寄人篱下之苦，填满了我们笔触尚未抵达的历史。管理哈瓦那江夏堂的黄先生告诉我，在古巴终老的华工不少都是一生孤寂的先侨，他们在他乡的土地上抱团取暖，在动荡的乱世中相互扶持，在阳光没有照进的岁月里，用血浓于水的真挚情感，印证了一代华人织根相连的互爱传统。

"天下黄姓出江夏，万派朝宗江夏黄。"过去，我并不明白为何黄姓家族的祠堂上都刻有"江夏世家"的字样，也不知道我们的先侨，曾经在古巴有过如此繁荣的盛世。当我穿行在古巴中华总义山密密麻麻的墓碑间，在时光的碎影里梳理海外侨史的脉络，才算是平生第一次，真真切切感受到存在于中华民族血肉里那种对根系原乡至深的情感，一份生死不移的家国情怀。

古寨里头还有一座专门为老师修建的祠堂，叫先生祠，坐落在龙湖寨北门的边上。

这是一面映照龙湖人世代兴学育才、尊师重教的镜子。故事要追溯到明朝万历年间。当时，寨里曾专程请来一位叫王佋初的先生，到龙湖教授八位寨内的学子。受益于王先生的执教有方，这八位龙湖的学生后来统统高中，无不学业有成。根据碑文的记载，王老师无后，为感念先生离乡背井远道而来，在龙湖古寨默默执教终生的恩泽，龙湖的学子们在王先生过世后重新集资修建了祠堂，从此祭拜不断。在祠堂的龛位上，还设有王父及学子谢林的牌位，沐浴在后人对师辈感恩的香火中。

祭拜的香火一直持续了十八代，直到1949年方才停歇。祭拜一个人持续十八代是一个什么概念？据说明朝注重孝道，当时朝廷吏治有规定，当官的要祭五代，庶民祭三代。这样一经比较，我就无法不喟叹。龙湖历代名贤辈出，世代家宅兴旺发达，或许，与其说这里是一块风水宝地，不如说这里是一个有佛念懂慈悲的道场，在岁去年来的时光里，浸润出一泊喜善的福报。

时光如环抱古寨的碧水静静流过，历史的高光定格于此，同样，也把孝道的大义深植于此。世世代代，延续不息。除了大户人家的古建筑，寨里头还零星分布着不少素朴的民居。它们有的改建成了传统的小店铺，出售一些柴米油盐的家常之物。暮晚时分，店家陆续闭门收市。我见到有的人家，还在沿用闪着油光的木板，一块，又一块，以手动的方式扣到古朴的门楣上。

这种古风一下子拉住了我，如逆着时间与往昔温婉的年代不期而遇，似曾相识又恍如隔世，我情不自禁立在古寨的暮光中，久久不愿离去。很难想象，龙湖之外，全球化的速度正把不同肤色的民族统一得千人一面，而活在古寨里的物事，仍旧这般素简故我，美妙得如同旧时光里的表演一样。

不过，古寨诚然已经不复过往的鼎盛人气，由于不少原居民已经搬离出去，所以寨里守店的人，也多半是有一定岁数的长者。他们日久年深地生活在古寨里，从一方自洽的天地衍生出许多凡俗温暖的细节。日出，日落。不浮，不躁。朝夕相对的都是古朴的物事，难怪寨内的生活，哪怕跟不上寨外的节奏，而那些烟火日月里的古旧枝节，却从不妨碍他们向你传达传统文化的信念，展现其中清宁的时光。

无欲的气场都有一份博大的安静，直抵一个人内心深处最柔软的角落。我想，恰恰是这些缓慢的节奏，以及暗藏于时光深处的细枝末节，使龙湖除了古老之外，还有一种由人和自然合力酿造的曼妙氛围，一种直指人心的禅意。让人隐隐记得，这种素朴的慢时光我们其实都曾经有过，而且，并不遥远。

可见世界虽大，生活各有不同。有人灯红酒绿，声色犬马。有人安之若素，一饭一粥。有人依心而走，四海为家。

有人原地厮守，一城终老。诚然，面对龙湖，我是前者也属
后者，既是远走天涯，也愿落叶归根。

晚霞映照着地面的石块，怀抱着绚丽的夕阳，给向晚的
巷道镀上一层灿烂的金光，这使龙湖的美显得更加沧桑而厚
重。在龙湖，这种时间的厚度感多得无处不在：虬枝盘旋的
古树，树木上的轮纹，枝柯上的木耳，名宅巨祠后的井台，
柴扉前的软语潮音……沿着窄长的内巷一路走来，我一次又
一次被这些时间概念上的细节所触动，仿佛在任何一片方寸
之地，都能窥见历史的深厚宏阔，洞悉千年的岁月光阴。

保护得这般完好的古寨，朴雅庄重之气已经足够让人啧
啧称叹，而让我更加羡慕不已的，则是古寨至今还住着人，
住在千年的文化积淀里，朝晚沐浴着祖先的荣光。路过一家
民居时，隔着半掩的门扉，我看到两位白发的老人。他们正
闭着双眼在养神。神态安详，如若禅坐。从天井上方投影而
来的阳光正好打在他们身上，因为聚光的缘故，恍若两尊未
醒的佛。

沿袭当地新春的传统，寨里还有人在举行一些零星的祭
拜活动，祈求生活的顺遂。和岭南大部分地区一样，潮汕自
然地势复杂，气候常年湿热多雨，让人稍不注意便容易得病。
这种水土特征使潮汕人自古便对天地万物充满了崇拜，诸神
浸透了古寨的森罗万象，天地、日月、雨露、动物、草
木……人神相依，彼此安好。

　　据说潮汕人对寓意平安的石榴花也特别偏爱，每年到了
立夏时分，皆是红花开满潮州城。可惜我走访龙湖的时候，
尚未到花开的季节，只好在寨外的阳光里闭着眼，想象红色
的石榴花燃得天雷勾地火……那些吉祥之花，想必每一朵都
是安详的大地上的精灵，它们开向喜善的彼岸，也开向龙湖
虔诚的众生。

2017 年 2 月

第 二 辑
没有国界的爱与亲情

因为寻常，亲人之间最不擅长以言语表达爱；因为琐碎，亲人之间的情也最容易被忽略。但偏偏是这些铺满岁月的寻常与琐碎，在不经意的生命时光里，为我们的人生撑起了一片盛大的绿荫，情意绵密，可庇身心。

天地辉映契阔情

　　去墓地整理灵柩的那个黄昏，暮秋的夕阳在村里的路上洒下一片金黄的光影。教堂旁的公墓格外宁静，只有几只游散的乌鸦，藏在墓碑的花丛间，把落日叫得绵长。

　　在婆婆推开停尸间房门的时候，我看到公公失去生命的身体。他全身冰冷僵硬，头发花白稀疏。病魔虽然夺走了他的生命，然而死神却没有把老人家的音容笑貌从人间带走。轻抚着公公冰冷的手，我开始低声啜泣。泪光中，往事像倒流的桥段，模糊了我的视线。

　　初次看到我的瑞士公公，是在十多年前我刚来瑞士留学那个乍暖还寒的春天。公公穿着白背心粗布裤推着铲草机在苹果花盛开的园子里劳动，一双大水鞋沾满了泥土，乍看像个典型的山区农民。看到他儿子身后的我，他停下手中的园艺活，热情地迎上来和我紧紧地握手，笑容格外慈爱善良。

就是这样一个平易近人的瑞士老人，我通过日后朝夕相处的家庭生活了解到，他曾经担任过联合国教科文组织巴黎顾问、国际劳工局日内瓦总部的顾问，以及瑞士教育研究协会创始人等重要角色；曾经积极奔走热心救助过匈牙利十月事件中逃亡瑞士的难民；曾经好多年无条件地把自己家中的房间腾出来让给避走瑞士的难民居住；曾经为欧洲教育事业写下蔚为可观的学术著作然而一生淡泊名利，谈吐作风处处透露着瑞士人的质朴和低调。

这是一个人，也是一面镜子，映照着一个社会和民族的气息和光泽。

在高度民主的瑞士，政府公职人员都普遍这般低调朴实。国家对他们亦一视同仁，不提供任何特权。我新婚早期住在日内瓦火车站附近的时候，当时瑞士在任女主席露特·德莱富斯（Ruth Dreifuss）也住在同一个区。那时上下班曾几次在区内的街道上见到她。她一个人走在马路上，神态自若，身边既没有保镖，也没有随从。过路的行人哪怕认得她，也没有人表现得大惊小怪。

这就是瑞士，一个和谐社会的模板，一副国泰民安的模样。据资料显示，近几年瑞士的人均收入曾多次名列世界第一，苏黎世是全欧洲最富裕的城市，在世界优质居住城市十大排名中，瑞士多年来又一直凭三大城市（苏黎世、日内瓦、伯尔尼）入选其中。这是一组足以让人想入非非的数据，让人无法把今日的瑞士和百年前那个穷乡僻壤联系起来。可是偏偏就是这样一个资贫势弱国小人少的地方，在短短的近代发展史中创造出令人瞩目的经济发展与社会繁荣。

不过，当你带着所有的遐想踏足这个富甲天下的地方，你却只会看到山峦竞拔湖水涟涟的人间仙境，找不到丝毫萦绕繁华背后的浮躁和喧嚣。在阿尔卑斯山下这个山清水秀的国度，人们不仅敬畏和珍惜自然，更尊重靠自己双手创造出来的财富。

在这里，人与人之间保持着应有的距离和尺度，彼此间不对对方的经济水平感兴趣，更没有人热衷于招摇炫耀自己的财富。有钱人，像久居瑞士的宜家家居老板，平日照样旁若无人到超市买打折食品；拥有百亿瑞郎的"罗氏制药集团"第一大股东维拉·奥埃利-霍夫曼夫人，数十年来都是自己动手料理家务，从未雇过清洁工。

不造作，不浪费，不攀比，这都是瑞士人民朴实无华的个性。

这种民族个性，体现出公平社会的一份底气，同时也促进了社会公平的健康发展。在这个高度民主的国家，职位不是特权的通行证。有权有职位的人像邮政局局长，他的后代照样要靠自己的努力糊口。适龄儿童统统按地段入学，学校无重点非重点之分。孩子入学，家长不需要出示身份证，因为国家认为非法居留的适龄儿童无论来自什么国家，何种背景，只要他们生活在瑞士，他们就应该接受这里的义务教育。

朴实的民风，勤劳的人民，公平的社会，德语区、法语区、意大利语区（还有占人口约1%的罗曼语区）这三大不同语区的多元文化在这片山多湖多的土地上组成了当今兼容并蓄的瑞士，让生活的角落，处处呈现出和谐安定的画面。

今日的瑞士，社会规章，事无大小，一切均有完善自觉的社会秩序。民风之淳，细微点滴，让人暗暗惊叹。比如说在城市，街头自动售报机是敞开式的，市民自取报纸投币付款靠的完全就是自觉性；公共汽车上的司机是不负责查票的，乘客购票与否靠的也是自觉性。

在乡间的村落，小农户门前自产自销的农产品没有人看管，苹果青菜土豆鸡蛋整齐地堆在农家门口的一角，村里前来购物的左邻右舍按指示价目表放下钞票然后自取所需，已经成为瑞士和谐社会的一幅经典插图。

轻轻地把玫瑰花瓣铺在公公的身上，我慢慢地放下那双苍白的手。爱之忆念，萦绕心头，切肤之痛，无以排解。回首前事，犹记得公公生前常常趁着工作的空隙伏在花园里锯木除草，教导我自然之可亲，勤劳之可贵；犹记得当我还是瑞士的外国留学生身份的时候，公公为授予我宝贵的知识，偶然会趁着外出讲学的机会带上我这个旁听生；犹记得2001年举家同游云南的时候，公公婆婆在路上提早兑好零钱送给山区需要帮助的孩子；犹记得当我决定在阿尔卑斯山下许下终身的时候，我和先生还是在校的大学生，看到我的犹豫，公公婆婆坚定地对我说："不怕，从今以后，你是我们的中国女儿，有什么事情，有瑞士爸爸妈妈在你身后……"

夕阳暖暖地投影在墓地上，给每一个墓碑锁上一层璀璨的金边。几个吊唁者提着洒水壶在墓碑前的花丛间浇水。婆婆告诉我，他们都是旁边养老院的老人，经常过来给已故的家人和朋友祭坟。

哦，养老院竟然就盖在墓地旁边？教堂钟声响起的时候，圣灵般的旋律回荡在整个村落。我在夜色渐浓的路上回望那些排列整齐的墓碑和公墓旁边的养老院。恍惚间，过往人生的各种纷扰，来时路上的执着纠缠，都在此刻倾听生死平和的天籁之音和一种敬畏自然的态度下，衬托得微不足道。来于自然，归于自然。朝代来去，物欲潮流，在瑞士，统统都是尘起尘灭，过眼云烟。

2010 年 2 月

墓园烛光

蜡烛在欧洲人的生活中出现，除了燃起光明，增添情调，还有一种精神疗效，就是用于安神入定，静心祷告，如故乡大地的一锥塔香，烟火一旦在掌中绽放，就能慰藉心灵，抚平怀念。

融融烛光让人暖。从精神层面去定义，世上每一根手工的蜡烛在我看来都属于情感的珍品，裹着制作者手的温度。我的瑞士公公生前就癖爱自己做蜡烛，尤其到了每年圣诞节前夕，他都会特意从蜂农手上购来上好的蜂蜡，碾碎、加热、融化、倒模。盛入不同形状的器物中，盛入扇贝壳里。蜂蜡经过这些手工程序，就能变身成为神圣之物，温暖人心，照亮大地。

烛光也能承载情感，抵达远方。那时候我们过平安夜，公公就习惯在午后先把仍散发着新鲜松香味的圣诞树挪到室内，固定在客厅中，然后，把往年用过的传统挂饰和彩灯从盒子里取出，逐一挂到枝条上。忙碌一番后，他会赶在暮晚前带上自己做的蜡烛步行到村里的墓园去，郑重地在自己母亲的墓碑前，亲手为她点亮一年最后的一根蜡烛。

墓园是这个乡村的心脏，已经有上百年的历史。它坐落在村里的中心位置，与比邻的教堂、商店、邮局、博物馆、车站和学校紧紧相扣在一起，朝夕可见，生死无界，它是村民日常生活的一个重要组成部分。和瑞士的其他村庄一样，村里的墓园除了是村民的下葬和扫墓之地以外，平日也是一个休闲场所。紧挨着墓园还有村里的一所养老院，院里的孤寡老人会定期挪步过来给已故的亲人祭坟点烛，整理花草。

深冬的阿尔卑斯山下，大地寒气深郁，气温清冷。走在路上，连一个浅浅的呼吸都会在空气中留下雾气的痕迹。那时候我经常会陪公公前来墓园祭坟，看着他在烛光中与先人默默对语；或者与他坐在墓园中光滑的青石板上聊天，在松果坠落大地的声响里，听他讲述那些逝去的人事。

大概是从那个时候起，我也开始情不自禁地以各种名目收集漂亮的蜡烛，开始在异族的文化氛围下去重新感受活着和死亡的距离。尽管，我知道世上所有的亲情和缘分都有尽头，就如这世上任何一桌筵席都会散场和所有的烛光终会熄灭一样。

十几年后，一个圣诞平安夜的暮晚，我和女儿在墓园里给公公点烛上花后，并肩坐在那一块光滑的青石板上小憩。时光依旧，故人已去。当墓园的松果从树上掉下来敲打在大地上时，那声音竟然夹着一种似曾相识的感觉向我汹涌袭来，投影在另一个记忆的时空里，让人伤感，让人恍惚。

那是一个象征圣洁的白色圣诞节前夜。墓园里积雪如银，鸽子翻飞。旁边养老院的几位老人正身披暮色穿梭于墓园中，俯身在每一个墓碑前燃起一根白色的蜡烛。在她们的身后，大地静默如谜，那一根根小小的烛捻烧得热烈，如同大地上的一月千影，映照着人间的暖暖情意。

离开墓园的时候，大地上已是落日隐没，万家灯火璀璨。我在教堂圣灵般的钟声中目送着几位老人离开墓园，走入养老院，心中竟油然生出一种从未有过的平和与宁静。我忽然想，来日百年归老，我也会跟他们一样，跟公公一样，长眠于此，但是，生活要是向死而生，此刻，就应该是最美的永恒。

我一恍然，烛光原来也是可以点在心上照明的呀！

墓园里，一时也烛光似雪，烛泪如诗。

2016 年 12 月

一寸草心念母恩

从机场下了飞机已是夜深，绕过家门放下行李和孩子，我顾不上更衣换鞋，顾不上和家人嘘寒问暖，便径直往医院奔去。不知不觉离家去国外十多年了，第一次为着父母的健康状况赶回娘家，在微凉的灯影中走在儿时熟悉的街道上，在万籁俱寂的夜里，与猝不及防的生活震荡撞个满怀。

医院住院部灯光寂寂，树影深深。那份安静的气息，有一种似曾相识的沉重，跟烙在儿时记忆底片中的印象仿佛毫无二致。是那一年吧，我只有几岁大，母亲做节育手术，也是在这样凝重的夜里，一连几天，我提着汤壶走在父亲的身后，走在病房区的走廊上，从擦肩而过的各种表情中隐隐约约开始懂得，生老病死也是人生的一课。

母亲的病床在住院部五楼一个三人房靠窗的位置。从窗玻璃往外看是医院以外辽阔的夜空。我想我永远不会忘记推门进去看到母亲的第一眼。她的上身绑着白色的绷带，在床头灯昏暗的光线下，蜡黄的脸上一副欲哭无泪的表情，睡梦中溢出痛苦来，跟一年前我见到的那个她判若两人。

让母亲和先前判若两人的病源是乳腺癌。不要问我为什么，我跟医生一样，甚至跟整个医学界一样，时至今日仍然没法给这种病痛一个确切的解释。在过往离家的十几年里，我曾经一直害怕会在某个大半夜突然收到家里的来电，而这最终还是发生了。

为了彻底拿走那个恶性肿瘤以保住其他器官的健康，在确诊母亲患了癌症这个事实当天，医生不得不立刻开刀，切除了母亲的右侧乳房。我至今仍然清晰地记得手术当天姐姐跨洲越洋在电话另一头号啕大哭的声音，记得自己在他乡夜空下突感天旋地转般的眩晕，以及想象母亲一个人孤孤单单被推进手术室时的冰凉和恐慌。

母亲从手术室出来后流了不少泪，她一直是个简单快乐但缺乏安全感的人。为了安抚她的情绪，在手术第二天见到母亲的那个晚上，我坐在她的病床边，忍着不让自己哭。时间跟着母亲一同沉睡，一分一秒都格外冗长。一直到大半夜，母亲苏醒过来，蒙眬中看到床边的我，在确认了不是梦境的一刻，才绽开了如花的笑容。

手术在母亲胸前留下了一道长达二十厘米的刀口，密密缝线夹着淤血穿行，像一条强横俯卧在她皮肤上的蜈蚣王，教人不忍细看。每一次，当医生解开母亲的病服为她清洗手术刀口时，我怔怔地看着那道伤口，感觉就像有一把戒刀狠狠地划过自己的皮肤，全身都会痛。我会情不自禁牵起母亲的手，紧紧地握在手里。母亲也用她的手回应我。两手相扣，心心相连。那种感觉就像小时候母亲握着我的手教我走路，不消言语，却有一种能抵御风雨的力量和安全感，在我们的血液里缓缓流动。

母亲年轻时是个纺纱女工，一辈子在纱厂上了三十年的倒三班。为了一份微薄的工资，身体长期处于时差颠倒的状态中。小时候父亲常说，在母亲为我们姐妹三人哺乳的那些年，不管冬寒夏暑，不管凌晨回家再累再困，也坚持先把我们喂饱，在灯下让我们舒坦地趴在她胸前的肌肤上，直到我们满足地入梦，她自己才安心去睡。母亲执着的坚持，给了我们健康的体魄和温暖的童年。时光流转，人生代谢。一转眼到了今天，当我哺育着自己的孩子，孺慕幼年的亲恩，想象母亲年轻时在灯下哺育我的情景，儿时的幸福感就在那一景定格。母亲裹着奶香的肌肤，是我生命起点的温床。母亲的乳汁，是我躯体成长的养料，也是我生命的起航之源。

余光中曾说，所谓恩情，是爱加上辛苦再乘以时间。追索伊始，其实母亲的恩情早在我懂得呼吸以前就已经开始了。原始的十月怀胎，母亲把我安顿在子宫，用胚胎养我，用羊水护我，赋予我心跳、脉搏、血型及安全感。虽然还没来到世上，已经样样向母亲索取，实在负欠太多。直到一天与母体分离，来到世上，除了给母亲带来剧烈的阵痛之外，又是一场生产的劫难。儿时听父亲说过，母亲生我的时候经历了残酷的难产，那时地方医院的设备有限，因为产程太长，母亲失血太多，饱受煎熬。三十年后，在瑞士生小女儿的产床上，我也不幸经历了生产意外。那一天，从产房被推出来，我怔怔地凝视着天花板，第一次如此想念母亲。

是啊，生日蛋糕上的红烛，是用母亲的鲜血换来的。《明心宝鉴》里有一句流芳百世的话就说得好："养子方知父母恩。"年幼时在母亲的臂弯下，那些爱与关怀，因为细微，因为琐碎而常常被我所忽略。直到有一天我也当了母亲，从此站在一个既为人女儿也为人母亲的立体角度去重新感受，才对母爱的厚度有了全新的体会。

为了减少千里之外母亲的牵挂，生产的意外我一直对家里三缄其口，不想多说。两个月后，等到身体状况稍有好转，才带着两个女儿长途飞行回到娘家休养。到家当天，晚饭席间，母亲问及生产的细节，我尽量轻描淡写地说出了实情。那一刻，母亲恍然，欲言又止，暗涌的母爱在灯影夜色中，顷刻间凝结成眼角盈盈的泪滴。

知道实情后，为了让我尽快恢复身体，母亲每天除了帮我照顾两个女儿，让我尽量休息外，还变着招法给我做各种美味佳肴和滋补汤，把我补养得从没有过的肥肥白白、珠圆玉润。电视剧《金婚》里文丽的妈妈说："谁家的女儿谁心疼。"自那天起，母亲几乎每年要来欧洲一次，帮我照顾假期里的两个孩子，像固守在身后的一位无名英雄，给我最无私的帮助、最坚实的底气，为我撑起另一片天空。

回顾往昔，母亲过往熟悉的音容笑貌仿佛又浮现在眼前，最痛我心，最萦我情。童年时在百灵路绿荫深邃的巷子里，低矮的饭桌，橘黄的灯下，饭热菜香，灯火温馨。我和两个姐姐加上父母亲，一家人围着饭桌叽叽喳喳，吃聊得热闹。那时候，母亲总是我们当中吃得最慢的一个，而且每次总是包办残羹剩菜，是饱是饿，都能自圆其说。

很多年后，当我也升级为家庭"煮"妇，同样掌管着一个家，每天对着剩饭剩菜发愁，开始了解把握一家人食量的难度。我会情不自禁想起从前母亲留守饭桌的情景，然后恍然大悟——吃得慢是天底下无数母亲的一种惯常状态，是潜意识里让家人和孩子先吃好吃饱的一种让步。这种退让是人世间最钝感的温柔，释放着母亲血液里最原始最纯粹的爱，最包容也最深厚，像浩瀚的大海，一望无际。

绵绵母爱好比春蚕吐丝，蜡炬流泪，因无私而感人至深。一转眼，从回忆深处醒来，母亲躺在病床上。我们长大了，她却老了。在这段与病魔作战的日日夜夜里，为了康复身体，从手术到化疗，母亲一一承受了药物不断、血压飙升、伤口化脓、皮肤过敏、胃口消减、青丝落尽之苦，光是扎手指验血糖，每天就有四次之多，半年下来，十指肌肤，满目疮痍，受了大苦。

此刻清晨，母亲正沐浴在清甜的空气里静养。阳光从病房的窗户洒进来，为她的侧影镀上一层温柔的金边。她终于完成了手术后的最后一次化疗，神态安然，气色和悦，眉宇间有一种苦尽甘来的喜悦，浅盈于睫。我刚刚办好出院手续回来，靠在母亲的病床边，怀揣着一寸报不了春晖的草心，为这段一起走过的艰难岁月裹上我的文字，镀上我的手温，作为送给母亲最好的礼物。

2011 年 8 月

荔枝花开

去年回国，赶上了清明踏青的尾声，却错过了家族一年一度的先祖祭拜仪式。

正是早春期间放蜂人赶采荔枝蜜的时节。漫步在村里的荔枝林，迎着濡湿的黄梅雨，踏着一路的鞭炮衣，忽然很想一个人安安静静地到祖父祖母的墓前站一会儿，很想单独跟他们讲讲话，亲手拔走几株坟前的杂草。

祖家笔村是珠江水畔一个宁静祥和的小村落，村中的景色秀润，绿意盎然，因盛产岭南佳果的荔枝珍品"糯米糍"而盛名远播。这里的荔枝树年兴久，枝叶繁盛，缀饰于村头巷尾，稠密之处自汇成林，就像纵横交错的绿色阡陌，盘根贯穿在乡村的地脉之上，穿越在时光的脉搏当中。

清明四月，山林幽静，蜂迷花间。站在山腰远远望去，坡下层层叠叠的荔枝林在潇潇春雨中漾开一片片氤氲的墨绿色，朦胧深处，有一团一团米白细碎的荔枝花在枝头紧密簇拥，沉寂绽放。

祖父祖母合葬的墓地就在荔枝林尽头的背底山。小时候每次跟着家族队伍来祭拜祖父，祖母都会提早一天把元宝香烛、金银衣纸一一亲手准备好。按照乡下的习俗，已婚女人都不参加正式的清明祭祖。祖母会一路陪着我们穿过荔枝林，边走边念叨起祖父生前的一些开怀旧事，直到林端山脚的树荫下才挥手告别。她身穿黑色粗布对襟衫的依依身影永远锁定在我儿时的记忆中。

祖母原是邻村殷实人家的长女，比祖父年幼五岁。据说那年相亲她躲在门帘后面悄悄偷看，第一眼就爱上了长相善良帅气的祖父。那年夏天祖父用大红花轿把祖母迎娶过来。正是盛夏三伏时令，迎亲队伍返村的路上，一片红荔压弯枝丫，一路蝉鸣此起彼伏。村里跑来看热闹的老人咧着嘴打趣说："黄道吉日硕果飘香，这是我们荔乡的天祖地祖欢迎外村姑娘入门最好的方式。来了就不走啦。"

他们婚后的日子过得平静而幸福。祖父给地主卖力当雇工，务农种田赚钱养家。祖母在家打点里外家务事，养猪砍柴挑水做饭。婚后第二年，祖母十月怀胎，生下父亲。为了体贴妻子的身体康复，祖父不仅争着包办家里的重活，还经常趁着农闲上山打些野鸡野兔回来给祖母炖汤，滋补身体。

相爱的日子像灌蜜的清泉，在恬逸的时光中静静流淌。

一转眼就过了十年八载。村里的荔枝树花开花落，丰丰穰穰。他们的家宅接连添丁，喜获麟儿。祖母为祖父一连生了三个儿子，还有一个，期盼在荔枝丰收的时节。那一年，在山脚的荔枝树下，她常常爱抚着肚皮倚在他的肩上说：我要和你，儿孙满堂。祖父含笑怡然，放眼远望，只见荔枝树上隐隐约约的荔枝花，素净淡雅，开得正好。

然而，天有不测风云，一场急性肠胃炎突然摧毁了正当壮年的男人的身体，最终更是摧毁了一个家庭幸福的蓝图。

祖父不敌病魔，临别之际，肌体严重虚脱，一双蜡黄的手来回抚摸在爱妻浑圆的肚皮和消瘦的脸庞上，半天簌簌地流着泪说不来一个字。祖母泪雨凝噎，一张脸紧紧地伏靠在爱夫的耳际，最后自己吃力咬着牙说出一句话："再苦，我也要生下来；再累，我也要把四个孩子养大，为你守着这个家。"

那一年，她刚过而立。

祖父入葬那天，村里雷声迭迭，下了一场阵雨，打湿了抬棺人脚下的黄泥路。祖母挺着快临盆的身体，拖着三个披麻戴孝的幼子，从村头到村尾一直痛哭追喊着被抬走的棺木，好几次踉踉跄跄绊倒在路边。村里赶来送别的乡亲都忍不住转身拭泪，窃窃耳语："天妒良缘啊……"

祖父被孤独地安葬在背底山，从此遥望着先祖的荔枝林，与妻儿阴阳相隔。

一个家少了个男人好比抽掉了顶梁柱，让孤儿寡母的生活变得举步维艰。为了让四个孩子有一口饭吃，祖母起早摸黑，替人放牛、下地兼做各种杂工，用尽了一切办法。为了赚两斤糙米，她常常背着地主家的小胖儿在烈日下赶远路，不仅累得体力不支，还得遭人白眼黑脸，冷嘲热讽。有一年年关前后，天气格外严寒。祖母打算把家里辛苦养大的一头母猪捉去集市变卖，好给孩子做套完整的衣服，也给来年换点买米的钱。不料冬至当夜，家里闯进来一群闹事的地痞，硬说叔公赌钱，欠债应由哥嫂偿还，不由分说地冲入猪圈，强行动手把家里唯一值钱的牲口给拉了出去。祖母嘶喝着堵在门口，发了疯一样拼命阻拦，结果遭人拳打脚踢。几个孩子被人推倒在地，惊慌失措。正在沉睡的母猪冷不防被人硬生生拖出门，力竭声嘶，大声嚎叫。锐利刺耳的声音划过夜空，回响在凄冷的星光下，撒下一地的悲凉。

这一切，因为一个信念，祖母都咬着牙一一挺了过来。村里的媒人实在看得心酸，接连相劝："顺琼，如此艰难，何苦委屈？卖掉两个孩子吧，然后离开这个村再帮你找个人嫁还是可以的。"四个孩子听到这里，惶恐地在墙角抱成一团抽泣起来。祖母心痛地搂着他们，含着泪谢绝说："虽然是苦了些，但我答应过他，我要守着这个家……"

为了躲避恶人的欺负和多事者的眼睛，后来她不得不带着四个年幼的孩子搬到山脚下一条偏僻的小巷，在小巷尽头的一间泥屋里重新安家，避走寡妇门前的是非。那是荔枝林坡底一个不起眼的角落，泥屋四周，一地破碎的瓦砾，一片荒凉的野芋。只有窗外的荔枝林陪伴着她静静守候。

祖母终归没有改嫁。再难，她都想尽办法固守着这个家，等待开枝散叶的一天；再穷，她也一直供奉着祖父的灵位，不让他脱离这个家。一穷二白、室如悬磬的生活，墙上这半尺小小的灵位就是祖母的精神支撑，给她最坚实最温柔的承托。

时至今天，我仍然记得从前每个农历初一、十五祖母亲手供奉灵位的情景，记得她凝视祖父灵牌时那束凄然的目光，以及眼角一抹深深的怀恋。我更加记得儿时某年清明祭祖前的一个晚上，我在大半夜被冻醒过来，无意中从露台窥见祖母跟远在天堂的祖父交谈的情景。

那一夜，我不知道祖母醒了多久，还是一宿没睡。只见她披衣跪地，喃喃自语，隐约中听到她用跟人交谈的口吻细诉着家中各人的大小事情。夜色如水，月亮盘盈在蓝夜的天空中，给四方天井湿漉漉的地面镀上一泊银色的清辉。祖母烧着金银纸钱，呢喃歇间，偶尔拭泪，偶尔莞尔。万籁俱寂，寥廓苍穹下她身披星光的背影牢牢地镶嵌在我童年的记忆里。情密意绵，深厚无比。我也是从那个背影开始渐渐懂得人生，懂得悲喜、朝暮、聚散、生死。

我最后一次亲眼看见祖母供养祖父的灵位，是成家后回国探亲的第一年。彼时祖母已年近耄耋，行动缓慢。到了年关供养时，跟从前每个初一、十五一样，依旧坚持亲手把各种供品逐一捧到祖父的灵位前。从低头洒酒到合掌举香，从俯首弓腰至仰望祝祷，每一个细微的动作做起来都有点吃力，然而背影阑珊中却有一种肃穆的温柔，俯视着苍茫的岁月。

就这样走过了整整五十八年的寡妇生活，走过了悲欢离合，走过了月缺阴晴，直至那一年因肺气不足寿终正寝。祖母弥留之际的音容笑貌给我留下了刻骨铭心的记忆。临终前她一直安躺床榻，含泪带笑凝视着面前的每一个儿孙后人，缓缓地说："终于都长大了，真好。终于都在一起，真好。终于不必再避走巷尾怕人欺负。你们看，都过来了，现在我可以安乐地去告诉他……"

祖母自始至终眼角含泪，容貌带笑。尽管语音式微，然而字字深厚，落地有声。我知道家庭完整是她一生的持守，儿孙满堂是她苦难一生最大的慰藉。缘分将尽，父亲和三个叔父挨在祖母身边泪雨饮泣，不能自已。儿媳孙媳在床边扭头抽噎，不忍泪别。一群曾孙哽咽喊着曾祖母，伏满整个床沿。祖母撒手人寰的一刻，上下三代人更是同时齐声下跪，围好几圈在床前哭成了泪人。

那是我今生最后一次有缘聆听祖母说话，最后一次仔细端详她老人家的仪容。生活的沧桑爬满了她的脸孔，像时光的皱纹，折叠起岁月的悲喜；她的身材娇小柔弱，肩膀瘦削，却是从那里撑起了所有的苦难；她把那个含着泪的笑容带到了黄泉路上，在灼楚中盛放。

吊唁的挽联刚劲地写着八十八岁高龄的数字，骄傲地飘扬在那个送别的春昼。父亲和三个叔父在前头引着灵柩，带领着身后四个完整的大家庭。一支执绋的队伍，前后整整三代人，在经过荔枝林的路上排列成一条浩浩荡荡的长龙。这是祖母最后一次陪着后人穿过荔枝林，陪着我们在荔枝花盛开的路上，在先人的气息中感受亲情的厚度。

是的，这就是我祖母的故事，一位母亲凄苦犹荣的一生。此去经年，感伤未央，我用素的文字把父辈零星的口述和自己记忆的碎片辐辏成文，舒展出一段久远的时光。岑寂春雨，花开成林，我知道祖母安然其中，是它们当中的一朵。她的母爱就像这荔枝花开，朴素清平，淡雅贞静，纵不予芬芳亦能授人心香，不争惊艳却可悦人心扉，成为后人一生的福荫。

2013 年 10 月

时光回到未嫁时

孩子渐渐长大，真好，让我又可以偶尔独自飞回娘家去小住。

由西往东，万里迢迢，一个人上路，竟会生出恍惚，像是时光倒流，又回到了未嫁时。

幸好，娘家室内的摆设还是老样子。

幸好，房间仍在，书桌仍在。

闲了无事，打开抽屉，蓦然发现，连过往的一扎旧画笔，几块老绣片，两三封不明日期的书笺……也统统还在。

时光凝固。恍若旧梦。

我披一肩的阳光在书桌前静静坐坐。忽然想知道，在我远隔万里的日日夜夜，是否，父母也喜欢时不时来这里坐坐？是否，在他们的意念里，女儿昔日的气息从未走远？

挨着我的房间，是父母的睡房。睡房里，有一面靠墙的书柜，清漆，原木，还有一排射灯，投射着橘黄的灯光。书柜上全是父亲的藏书，连摆放的次序都跟从前一模一样。

那里头有一本父亲的日记本。红色的硬皮封面上，几朵荷花，正开到盛处。时间是1964年。其时，父亲三十岁。能写能画。一切都是那么美好，唯独没有碰到好的时代。

日记里头是他当年写下的影评和散句。每一次，我都忍不住捧起来慢慢赏读。那些熟悉的笔迹，字里行间都写着我不陌生的句子，尤其是父亲表达他想报考中文系的那一篇，我不记得已经读过多少遍了。粒粒铅笔字，如刻入心间。

书柜的下方有一堆老相册，收藏着很多我们的生活照。那是父亲的宝贝，一直被他敝帚自珍地守护着。他喜欢时不时像收藏家玩古董一样把它们拿出来独自品鉴，更喜欢拿去让别人看，仿佛自己女儿的所有点滴都是这世上的无价之宝。

父亲有午睡的习惯，几十年来风雨不改。家里人口多，过去母亲体力欠佳，一家五口的家务事几乎全由父亲挑起。一个男人，任劳任怨，把家庭照顾得妥妥帖帖，而且毫无怨言。父亲充沛的体力，离不开午睡的功劳。所以每次回国，我是尽量哪儿都不去，留在娘家学习他午睡养生。每每睡到自然醒，心情自然是坦荡豁达，写起字来灵感如泉涌。

午睡之后，我就泡浴。儿时看外婆用木桶泡脚。七十岁的人，走起路来，如脚下生风。我尤记得外婆常说，泡脚能够带动血气循环，保证睡眠质量。承蒙外婆养生的传道，少年时我常泡着脚看书。水的温热，暖遍心田。

"盈缩之期，不但在天；养怡之福，可得永年。"可见家里拥有有健康习惯的长辈真是一种最大的福气。可惜，后来生活改善，有了浴缸，却没有了外婆。

世事，都这样吧，难两全。但是娘家给我灌注的丰厚生命底气，恰恰使过去的时光明明过去了，爱和回忆却是有增无减。那种意味，不在过去，而在当下，不在眼前，而在心间。

重返娘家小住的日子，生活竟会有这样一些细微的发现，一些不可言说的欢欣和喜悦。

妈妈在大楼前的荒地上开垦了一方小菜圃。傍晚的时候，她去菜圃浇水，我也喜欢跟着去，喜欢在夕阳下亲手割下一把绿韭菜或者一把香菜，然后亲手烹煮一锅鲜香的羹汤，也烹煮这寻常日子里的生活真味。偶然，我也会摘上一把小野菊，把它们插在房间窗边的玻璃瓶里；看它们在清宁的岁月里素素地开着，直到开成跟少年时的某个桥段重叠。一个人坐在窗前时，有时候我会想起某个人，有时候会重读一些旧信札。

看书，写字，午睡，泡浴，散步，种花。回到娘家的日子，多出许多独处的时间，岁月可以变得如此安逸简静，突然慢下来。

时光绵软，朴素安静。那些质感，又有了未嫁时婉约清美的况味。

哪怕是什么事都不做，只要忘记世事的芜杂，晴天晒晒太阳，雨天听听雨声，甚至随便发发呆。记一念浅喜，记一念深爱。对于一个不爱聚众的女子，也是一种清悦，一种幸福。

原来，哪怕岁华增长，只要父母健在，我还可以撒娇，可以暂时卸下母亲的角色，尽情享受未嫁时的清欢。几个素色小菜，一些琐碎日子。在时间的波浪线上，再平凡不过的娘家日子，都蕴含着温暖悠远的意绪。

时光清浅，意味深长。只要父母健在，岁月就不会真正老去。

2015 年 10 月

人生有一件事不可以等

前两天收到大洋彼岸好友晓兰的来信。晓兰是出国后认识的朋友，在德国深造后就去了美国成家。别后我们保持着断断续续的联系。

晓兰在信里说："我昨天从北京度假回到美国，一路上想起我妈妈的眼神和我那个可爱的小外甥女痛哭的情形，真是恨不能现在就再返回去。幸好有女儿的陪伴，才让人心里平静些。我先生现在有一个在北京的工作等他回去，本来他是想回去的，我坚持留在美国，所以他也同意了，可是，如今我动摇了，实在是舍不得家里人，我父亲又身体不大好。该怎么办呢？留下还是回去呢？真是难以定夺。我想你也对美国有一定的了解，不知你的建议如何。我家里所有人都希望我回去，我妈妈几乎都在恳求我。我也不知道该怎么说下去。"

读完来信，我捧着茶到客厅坐下。夜色如水，月满西楼。我故意没有开灯，在黑夜中梳理着凌乱的往事。

前年回国，父亲本来一脸喜悦地答应我说，他计划夏天来欧洲避暑，在瑞士过一段含饴弄孙的日子。谁知道到了签证的重要关头，因为突发胃出血，父亲就在电话那头说，算了，爸爸年事已高，你又要工作又要带孩子还要照顾家庭，怕给你们增加麻烦。我在自己的地方，万一有点什么事也方便，在异国却是什么都不熟悉，都要依靠你，我还是不来的好。

那一年，我有三位好友的父亲因重病离世，这里头包括在我决定去瑞士留学时帮助过我的唐伯伯。

去年我和女儿回国探亲，因为假期有限，故分外珍惜相聚的时光，除了其间参加过一两个必要的朋友聚会，其余的时间都留在家里陪伴父母。

嫁得那么老远，回一趟家真不容易——父母常笑话我是昭君出塞，而且，无论人在哪里，两头都会有牵挂。中国有句老话说，父母在，不远游。说起来会让我不禁羞愧，反而是父母安抚我，说儿女在外有出息，父母心里高兴还来不及。你看，中国父母是不善于表达情感的父母，但他们却有自己的方式，让爱常在。

每次回国探亲，陪着两老在家里晨练吃便饭睡午觉看电视，最简单的琐碎日子，最熟悉的平常生活，时光定格的一刹那，常是两老看着孙女，我看着两老。所谓生育之情，是母亲渐渐花白的头发；所谓养育之恩，是父亲慢慢下垂的眼角。"哀哀父母，生我劬劳……哀哀父母，生我劳瘁。"那种情景，最萦我情，最痛我心。

去年新春，喜庆的节日气氛刚刚过去，收到彼岸家信，告知父亲急病入院。那一宿，我心情忐忑不安，异乡的冬夜有多长，隔岸的牵挂就有多长。我明白，父母大抵都是很少开口恳求子女，除非到了不得已的地步。对于儿女，他们习惯了报喜不报忧，为的就是让在外谋生的子女不要挂心。但每一次，只有在他们脆弱的时候出现，我才能从他们的眼神里明白，子女的归来给他们带来的巨大慰藉和安抚。

幸亏父亲是个硬汉子，大小病痛总能一一挺过来。那是他的福气，更是我的福气。所以，这些年，人漂泊在外，不管世界如何变幻，人事怎样变迁，嘘寒问暖以外，最爱听的一句话就是每次父亲出院后，他在电话那头对我说："做了全身检查，目前一切安好。"

这句话，效力好比清凉油，药力胜过定心丸，能隔着半个地球，帮我提神醒脑，安心定神。

父母恩情好比春蚕吐丝，蜡炬吐泪。余光中说，所谓恩情，是爱加上辛苦再乘以时间，所以是有增无减，且因累积而变得愈发深厚。

世界上最最不能辜负的人，就是父母。亲爱的，谢谢你心照不宣的默契和信任。文字至此，所谓建议，你明白，已经明明有了答案。人生有很多必要做的大事，但是有轻重缓急之分，记住只有一件事情不可以等，那就是，趁着子欲养，亲还在，及时尽孝吧。

2013 年 10 月

第 三 辑

一趟纸版的生态文明之旅

当我们遇到烦恼、心情处于低迷状态的时候，倘若有机会到野外去走一走，在远离尘嚣的自然里闻一闻花香、听一听虫鸣、看一看星空，或者，登往高处极目远瞭，感受一下天地的宽广，心境就会瞬间豁然开朗。格局放大了，纠结缩小了，俗世的烦恼便显得没那么重要了。这，就是自然世界的魔力。

把草木染进岁月

　　婆婆有一方粗陶罐，年复一年，盛满了红茶色的洋葱皮。

　　洋葱皮是她为染复活节彩蛋而储备的，时间是阳历三月。旧年的滑雪季节刚刚过去，乡村里高大的梨树樱桃树还静默着，明黄的水仙花已经不约而同从地里涌出来，一茬一茬，开满山冈，将阿尔卑斯山下春天的第一波明艳推向了无边的广阔。

　　水仙花的绽放也把人们推进了庆祝复活节的气氛。复活节是春分月圆后的第一个星期日，按照传统的习俗，到了黄水仙漫山开放的季节，瑞士的家庭就该准备节日装饰，着手做一些复活节彩蛋了。

　　现在，复活节彩蛋常以巧克力蛋代替，但传统上应该是用新鲜鸡蛋染色而成。一般来说，他们会在节前一两天把鸡蛋煮熟，一并染色或者作画。到了复活节当日，大人把彩蛋藏起来，再叫孩子们去寻宝，说是兔子藏起来的彩蛋，为童趣守一个永不说破的秘密。

在民风淳朴、传统备受珍视的瑞士，自己动手染复活节彩蛋的传统民俗，时至今日依然长盛不衰。所以，大凡到了复活节前夕，商店的鸡蛋储备必然格外充裕。不过，婆婆做复活节彩蛋时，鸡蛋都是直接从村里的农人手上购买，顺便和农人一家上下拉拉杂杂地聊点家常，说几句喜气洋洋的蜜语，把一种吉庆高古的节日气氛弥散在时光里。

用洋葱皮做草木染彩蛋，染出来的蛋壳会呈淡淡的橘红色。给鸡蛋染色时，除了染纯色，还可以裹上一些新鲜的小花小草。这样染出来的彩蛋，蛋壳上会留下一些不入染的花草纹样，如按上一枚春的图章。

春分时节，风和日暖，万物欣荣。婆婆尤爱坐在花园的长凳上做这些手工活，沐浴在阳光里，把自己也坐成一道春天的风景。

我留心观察过她做彩蛋的步骤。

她是先把从野外鲜采回来的小花小草精心挑选出来，在蛋壳上布局好，裹上洁净的旧丝袜，然后，用线扎紧，再扎紧。那双拾花酿春的手在空中拴线时，有深深的皱纹，如一张隐形的网，能不经意网住一些远年的记忆，让我骤然念想起祖母，想起从前过端午节时，她坐在故乡珠江岸边的芭蕉树下，用手拴线为我包粽子的情景。

这双饱经生活的手啊，掌心和掌背都挂满了风霜。自然，做起传统的手工活来，就会比我熟练得多。

鸡蛋都准备好以后，婆婆会从她的粗陶罐里把洋葱皮掏出来，一叠，又一叠，像掏宝物似的，连同自己整整一年的等待也一起掏出来。洋葱皮搁在锅里和清水一起煮，只消五六分钟，水便会渐变成浓浓的"红茶汤"，十分好看。未几，婆婆再小心翼翼地把准备好的鸡蛋逐一用勺子从锅沿边滑进去。

为了保证鸡蛋能染好，婆婆寸步不离守靠在炉子旁边，守着一炉火光，也守着这传统生活的温度。在这些等待的时间里，她披着一肩透窗而入的阳光，念叨起一些我认识或者不认识的故人，或者讲起一些老风俗，犹如翻开一本远年的古籍，里面写满一方水土的旧年风情。

婆婆立在春光里的背影，让我想起一位母国的朋友，他说，每次遥想到世外桃源一般的瑞士风光，或者看到这个国家领衔最富有国度的排名时，便忍不住好奇，想知道人们在这里的真实生活。此时，我想把眼前的情景定格下来，记下一个春天的午后、一间百年的木屋、一个古旧的粗陶罐、一个耄耋的老者和一段缓慢的传统时光，以兹为证。

我特别喜欢这些传统的情怀，如此温情静好的流金岁月。回溯人类文明的源头，从敲击第一块石片开始，无不是这些以手言心的劳动，历经时间的积累，渐渐演化，生出多姿的生活画面。我敢肯定，所有美好的习俗和充满仪式感的传统，起初无不是乍然闪亮在某个脑袋里的一个灵感，然后，由第一双手去创造和实践。接着，有第二双手、第三双手去模仿、传播，慢慢地，人与物的依存关系就在这些约定俗成的日常细节里沉淀下来，形成了后来深厚的传统文化。

染好了的彩蛋，婆婆喜欢把它们融入自己的家居布置里，做成节前的饰物，供大家欣赏。我十分喜欢这些染出来的彩蛋，一喜它们清雅的春意，二喜它们水墨般的质感，三喜它们自然天成的明亮。那份由草木赋予的春意，仿佛有一种幽潜高超的魔力，不单能染亮春天的阳光，也染亮了温情的岁月。

除了洋葱皮，瑞士的草木染还用一些其他的植物材料。有一年节前，我和婆婆逛当地的露天农贸市场，见到一盒五颜六色的复活节蛋，她告诉我这些传统草木染的配方，我记得的有这几种：用红茶或者咖啡，染褐色；用接骨木果或者蓝莓汁，染蓝色；用荨麻叶、常春藤叶、香菜或者牛膝草，染绿色；用葡萄汁或者甜菜根汁，染红色；用姜黄、万寿菊或者藏红花，染黄色。蛋壳上那些深深浅浅的颜色，似乎每一种她都知道出处。人与自然亲密至此，妙不可言。

用草木染做彩蛋还能生出一种别样的风情，就是永远不会有花色一模一样的两个彩蛋，因为总有花草不入染的部分。这种独一无二的特性也让我联想到少年时学过的传统手工蜡染，想到土布上那些不规则的冰裂纹，想到烟雨中的江南、芬芳暗涌的蓝草、热气腾腾的染缸，还有作坊外头的蓝印花布，在日光鼎盛的晾晒场中，一挂一挂，随风荡漾。

这样一联想，便难免失落。中国的蓝染工艺起源最早，曾经对世界布艺的发展影响深远。我少年时读书，从《诗经·小雅·采绿》里就读过"终朝采绿，不盈一匊，予发曲局，薄言归沐。终朝采蓝，不盈一襜，五日为期，六日不詹"。两个端美的"采"字，以双木为楫，曾悠悠地渡我进入先民清逸的草木世界，让我隔着半片纸页和不熟悉的时光，遇见大地上这些清雅物事。

"采绿"和"采蓝"，多么诗意和惊心的意象！指的是在古老的中国民间，人们用草木染布时，采摘的绿色染料荩草和蓝色染料蓼蓝。后来，我又从宋应星的《天工开物》里遇到一句，"凡蓝五种，皆可为靛"，才懂得在中国的传统蓝染工艺当中，最初用的是菘蓝，后来才有蓼蓝、马蓝、木蓝、觅蓝等制靛之蓝。

我至今没有亲眼见到过这几种蓝草，只知道它们是化学染料出现以前，中国传统染人和靛农随行一生的宝物，像月夜凉风、花影鸟啼，都是自然的馈赠。有位从事布艺扎染的民间老艺人曾经告诉过我，蓝草一般要在小暑和白露前后两期开割，而且要趁夜间或雨天里割，争取聚色。这些和自然亲密相处的生活经验充满了天人合一的画面感，使我听得如痴如醉。

遗憾的是，在现世的工业时代，人类的物质消耗越来越大，面对自然和四时风物时，亲密感却是越来越小。我曾经在一篇文章里读到过，现在人们喜欢穿牛仔裤，但是要把牛仔裤做旧却要用上丙烯酸树脂、黏合剂、漂白粉、酚类化合物、偶氮化合物、次氯酸盐、钾金属、高锰酸钾、铬、镉等等化学原料。生产一条牛仔裤需要耗费3480升天然水作为代价。在我家乡生产牛仔裤的重镇，这些受污染的水都蜿蜒绕过村庄，从河流进入了东江。

素心如简，草木清明。在追求天人合一的年代，中药、茶叶、水果、蔬菜等草本植物和木本植物曾经都是中国先人日常的植物染料，让人保持和草木亲近，与自然为伍。《唐六典》曾有如此记载："染大抵以草木而成，有以花叶，有以茎实，有以根皮，出有方土，采以时月。"说的是，漫山遍野花果的根、茎、叶、皮，全是旧时染液的材料。

这让我不禁去想，时间包裹着人，在时间里，我们都不过是过客，唯独精神可以永恒留存。要是先人的生活智慧都能衍化出温馨的生活仪式来，再一代一代手手相传下去，那该是多美好的一件事啊。绕指之间，草木为媒。只要手工的温情犹在，传统的自然情怀就能脉脉相传。民俗有人去传承，传统才会有落脚的地方，让一方水土的文化精神密码在民间长久繁衍，生生不息。

除了用复活节彩蛋盛载一泊春色，瑞士的传统情怀还有盛夏的盛意、秋的丰盈和冬的静寂。由夏入秋，秋而渐冬，到了11月的圣马丁日，大人还会手把手教小孩子雕刻萝卜灯，而后夜游花灯市，很有点中国人过中秋节的味道。那种做萝卜灯用的瑞士萝卜是一种紫色的圆萝卜，在久远的历史和贫苦的年月里，曾经是这里的人的主粮之一。如今，民俗的传衍赋予了它们新的价值，成为带领人们寻找光明的文化符号。

可见，一个手工传统也能成就一个节日。在时光的波浪线上，那些琐琐碎碎再平常不过的民俗传统全都是岁月的沉淀物，蕴含着清明悠长的意绪和善愿。一花、一草、一物、只要传统的温情还在，自然界再微小的风物，都能供人类寄托情思，在传统的情怀滋养中衍生出一种深厚的价值来。这也是瑞士的可爱之处，一边努力创新，创造科学和技术的人间神话，一边竭力守旧，保护好祖先的文化基因。

做好的彩蛋，婆婆还会精心包装成贺节的小礼物，亲自去送给附近的亲友。她会用从树林新鲜割来的青苔铺在藤篮子里，把彩蛋一一安妥好，然后带着我们，一路穿过鸟鸣清幽的树林，穿过开满水仙的山冈，走入春色深处的乡村，把传统的温情推向波澜壮阔。在我们的身后，阳光晴好，时光清宁，初绽的玉兰在乡村陌上开得明媚，像是要把风也染成粉色一样。

万里外的故国，此时该是春色如许、花讯如潮了吧？木兰树是该开花了吧？少年时代我习画，曾手绘过二十四番风信花。所以，依然记得春分的花历为一候海棠二候梨花三候木兰，也记得，花比人守信，在四季往复的时光里，世上所有的花事都会遵从大自然的秩序，在时间里等待、吐纳、繁荣、凋谢。

关于春分，后来我又从民俗典籍里读到，它是一年当中放风筝的最佳时令。遗憾的是，传统生活里那些莺飞草长迎风奔跑的浪漫情景，我从古籍的诗篇里读过不少，但却从没有亲身体验过一回放纸鸢的美妙。随着传统乡土秩序在当代中国的瓦解，民俗的传承面临巨大的困难，民族的传统文化逐渐变得支离破碎。

城市化的进程越来越快，人离开自然却越来越远，这未尝不是生活的损失。现代化的选择太多，留下的民俗太少，是文化的损失；电子玩具的名堂太多，自己动手的乐趣太少，是情趣的损失。

过去我一直没想明白，究竟是什么原因，让我在从母国连根拔起的胶着里，就那么轻松地接入了异乡的地气。是因为我离乡背井时尚且年轻？是因为我嫁作洋人妇？也许都有一点。但在瑞士生活久了，后来我渐渐明白，原来在很大程度上，是这一方水土对自然的敬畏、对传统的坚守所带来的慰藉。在这种传统文化与自然情怀里，我感受到了抚慰人心的力量。以至于我每每从这个山国走出去，到高楼林立、繁华喧嚣的现代化大都市多待两天，就会感觉魂不守舍，心里有一种空荡荡的虚。

世上所有日久年深的传统都是时间的沉淀物，它们不仅收藏了先人对生活、对自然的感悟，也收藏了岁月的醇香和许多不可言说的美好，像时光的心室，是最好的留世之物。

今年复活节前，是婆婆动员了上上下下全家人，一起动手染的复活节彩蛋——一张长长的木桌上，三个家庭，三代人，欢声笑语间，齐手染春色，把草木染进岁月——也把传统演绎成隆重的家庭盛会。而那一方粗陶罐，它依然谦和温厚地立在时光里，年复一年，一如以往，除了盛洋葱皮，盛亲情，盛手温，也盛这生活的喜舍善念和流年的幸福时光。

2015 年 4 月

韭香依旧

要判断韭菜是不是中国古老的传统蔬菜，可以先看看《诗经》。在《诗经》中就有了"献羔祭韭"的诗句，说的是用羊羔和韭菜一起祭祀。"韭"字，光从文字结构上，就能看到它种在田里的样子，属于文字上的行为艺术，有"看遍人世春天，还是家乡最好"的意味。

韭菜田真让人痴迷。过去还住独门的老屋时，我就常常在乡村的午后，推开窗，隔着一帘绵绵的春雨，远远地看农人在田里剪韭菜。那一畦一畦的春韭，色秀，活泼，剪了又生，生了又剪。一田春韭，满眼深绿。那种壮阔能让我断定，刘子翚流连在宋代雨里写下的诗句"一畦春雨足，翠发剪还生"，说的肯定也是我家乡的这一派盛景。

这样的韭田，这样的细雨，这样的乡土，真让离家的游子时时愁怀啊。幸好我爸懂我，有一年趁我回国，专程到菜市场买来种子，塞到我的行李里，让我随时欢喜就去种上一拨。就这样，我把故乡韭田的盛景折叠在随行的路上，让它们坐着飞机降落在阿尔卑斯山下的国度。

来自故乡的春韭在山国阳台的花池里快活地生长，光是看看都能让我无比畅快。有了这份底气，我也就有了郑板桥那份"春韭满园随时剪"的散淡，想起来的时候便去剪上一把，入菜，解馋；不想剪的时候就留着抒情，专治文人闲出来的病。

细嫩的韭叶端然在阳台寒意未去的春风里，清雅耸拔，绿意盈盈，能让我想到国画中的兰。我少年学国画时曾习过兰，知道兰入画题之所以好看，全在于兰叶。而兰叶的精气神则贵在清雅飘逸。韭叶于我，就有这份清逸之气。韭叶就是乡村版的兰。

韭叶入菜，春天当是最佳时令，民间素有"正月葱，二月韭"之说。它色秀，香浓，味鲜，是素菜中真正的色香味俱佳者，所以春韭入菜，是备受贫朴人家喜爱的寻常物事。

儿时我母亲烹韭时，最拿手的是韭菜炒鸡蛋。一把韭叶，几个鸡蛋，满室生香，芳馥扑鼻。而父亲最爱做的则是韭菜炒蚬肉。韭菜和河蚬都是典型的乡土食材，一直为父亲所情有独钟，一如他钟情于那一方生他养他的故土。

韭香迷人，不仅让我发痴，后来我才知道，竟然也会让人"有病"。我在瑞士有个朋友，太太生产时，曾把丈母娘请过来帮忙。可惜朝夕相处，两代人时有摩擦。丈母娘初到人生地不熟的异国，本来已倍感孤单，而且，瑞士华人极少，中国食材有限，吃之不畅，更加让人郁闷。一次吵架，丈母娘竟抱怨说，这鬼地方怎会连野草一样的韭菜都买不到。女婿听了不爽，背后埋怨说丈母娘无理取闹，真是有病！

我听后竟莫名地生出巨大的悲怆。谁说乡愁不是病啊！可见，一个人的一生无论走多远都会被几种故乡的气味所缠绕。恐怕一生也绕不出乡愁的漩涡。

幸好每年春天，欧洲都有野韭菜生长，也算是对海外华人的一份额外馈赠。

欧洲的野韭是一种野生的草本植物，为野生韭黄的近缘种。据我所知，英国、法国、瑞士、德国等地都有生长。它们在初春的3月时分长于森林、河边、溪畔，或者是林地树荫的草丛中。谁要是喜欢，去摘就是了，这种野韭的味道无异于中国的韭菜，学名叫作熊蒜。我没有考究过为什么叫熊蒜。难道跟熊有一段典故？

欧洲人吃熊蒜的方式多种多样，不仅能简简单单当作沙拉食用，还可以用作面食的作料，做汤、欧式饺子馅，或者制作调料和药。瑞士的大型连锁超市，每到春天野韭生长的季节，还会推出一种带野韭香的时令奶酪，仅售一季。

由于平日亚洲蔬菜品种稀缺，一般的超市根本买不到韭菜。所以早春时节，那些香气扑鼻、口感脆嫩的野韭菜，自然就成了华人餐桌上备受欢迎的时令蔬菜。

我认识一对新婚不久的年轻夫妻，来自中国北方。平日夫妻两人各干各的事，少有一起活动，唯春天野韭生长的季节例外。为了采一拨野韭，两人下班后会约在一起，穿过半个城市，远足到一片树林中去。

野韭生长的季节不长，但是生长的速度却很惊人。3月的春天里，这对朋友喜欢每隔两天就去采上一回。不仅是当季吃用，还包饺子，速冻储存。据说一个野韭季节下来，两口子就包了能吃上半年的饺子，存放在冰柜里。那时候我就想，这对北方人的一生一定有一半的时间都是在韭香里浸泡的。

有一年春天，夫妻俩曾邀我到家里吃饭，吃的正是现包的野韭饺子。那饺子真是鲜香，让我这远离饺子文化的岭南人大开了一回食戒。我是直到那时候才品尝过什么叫好吃的饺子。我讨要配方，朋友就说，跟别人的配方没什么不同，不外乎是肉末、韭菜、盐、油和胡椒面。我是真的学着做了几回，却是至今都做不出那味道来。

两年后，我从另外的朋友那里听说，这对朋友闹离婚。自然，那两年我都没有吃到好吃的饺子。

就是去年春天，一天，突然又意外收到这对夫妻的邀请，邀我去他们家里吃饭。做的还是饺子。我什么都没有问，只是安然地在怀旧的音乐里看着夫妻两人默契地包饺子的情景，一如过往。客厅里的玫瑰散发出淡淡的幽香，阳光从天窗中照下来，落在一盘带有手温的饺子上。时光恍惚，韭香依旧。于是我不禁猜想，这两人肯定是春天去摘韭菜时复合的。

韭菜不仅是蔬菜，更是一剂良药，且属于高档品，不仅解饥饿、解肝郁、解乡愁、解闲愁，也解时光线上偶尔的走神和那些漂泊路上的磕磕碰碰。

2015 年 4 月

大地之子穿山甲

我知道没有亲眼见过穿山甲的人很多。我从小就对穿山甲一见钟情。

那年夏天，父亲皮肤犯病，时不时会用自行车推着我，一路走过布满绿荫的窄巷，走过炎夏闷热绵长的日光，在农贸市场上寻找新鲜的草药。

在那里，我就常常见到穿山甲，见到它们被困在档铺的铁笼里一声不响，见到它们动态缓慢，性情温和，连看人时的眼神也木然羞涩，就像我们这些在城市边缘长大的孩子，其貌不扬，与世无争。后来经常在乡村生活，再见到穿山甲就如见到老朋友一样稔熟亲切，让我心生怜爱。

穿山甲喜欢生活在深山大谷或者靠山临水之处。它们挖洞穴居，钻山拱地，是真正的大地之子。与其他动物相比，穿山甲的长相有点奇特，它们的头呈圆锥状，眼小嘴尖，尾巴扁长，配上全身与大地同色的鳞甲，古老、朴实、敦厚，很有一种从远古进化而来的韵味。

我曾经撰写过大象，知道今天大地上的大象是从四千七百多万年前的始祖象进化而来的。后来读闲书，发现穿山甲的进化史居然比大象还要早三百多万年。这让我一怔，不禁对这个小伙伴刮目相看。

穿山甲独特的构造让动物学家在对它们进行分类时伤透了脑筋。它们与同样善于挖洞的管齿目非洲食蚁兽有不少共同之处，但偏偏又没有管齿；它们与贫齿目的犰狳一样身披盔甲，却又没有贫齿目的骨板。最后动物学家不得不单独为穿山甲开个鳞甲目，以一个甲字之分，与鳞目的蛇和蜥蜴再区别开来。

穿山甲的外貌也让古时的文人展开过无限想象，加上汉字的记载流传至今。南北朝道士陶弘景形容穿山甲时说它形似龟又似鲤；后来，南宋中期博物学家罗愿又形容它状如獭；到了明朝时，李时珍描述穿山甲时写过，"其形肖鲤，穴陵而居，故名鲮鲤"。我特别喜欢"鲮鲤"这个别名，透过文字的深度，我仿佛能看到那些游鱼般的鳞片，带着古人赠送的雅意在大地上诗意地走动。

和我一样，穿山甲喜欢独处，喜欢安静，也甘于寂寞，对于这个精彩纷呈的世界抱有保留态度。由于视力严重退化，穿山甲全凭敏锐的触角去感知外面的世界。它们习惯昼伏夜出，在山麓深处觅食，在流星纵横的夜空下独嚼月色，暗自喜乐。

天生狭食的穿山甲有自己极富个性的味蕾，只对蚁类和一些昆虫的幼虫感兴趣。儿时的一年夏天我跟父亲去佛冈出差，旅途上见到有人贩卖穿山甲，就硬拉着父亲停下来观看。我尤其记得那小贩说过，穿山甲身上能散发一种特别的臭味吸引白蚁，当白蚁爬满全身的时候，穿山甲就把身上的鳞片紧紧关闭起来，等爬到浅水之处，再打开鳞片把白蚁释放出来。当白蚁在水上浮游的时候，穿山甲就用灵活的舌头在水面反复扫荡，把它们统统扫入口中。

我蹲在几只穿山甲前听得津津有味。卖家喜客，知道我们是外地人，临走时就送我两片穿山甲的鳞片儿玩，说是宝物。那一夜，到了旅馆，我小心翼翼地张开手，那鳞片儿在微黄的灯光下竟像两片迷你瓦片，带着与大地一样的气息在掌上诗意绽放。我也是直到那时候才晓得原来穿山甲既能爬树也善游泳。难怪清代岭南第一大才子屈大均在《广东新语·介语·鲮鲤》里留下过句子："鲮鲤，似鲤有四足，能陆能水，其鳞坚利如铁，黑色，绝有气力，能穿山而行，一名穿山甲。"

乐于独处且以羞涩出名的穿山甲最有隐士气质，它们一生以大地和蚁虫为伴，乐于处在世界的边缘，所以野生穿山甲的寿命至今仍是个谜。穿山甲生性单纯，它们遇到危情时不善逃跑，只会把身体蜷曲起来，保护好柔软的腹部，让敌人无从入手。我曾经亲眼见过一只因受惊而把身体蜷起来的穿山甲，大开眼界。它把整个身体蜷成一个球状，身上的鳞片格外层次分明，极富质感。

食性单一的穿山甲每天要吃成千上万只白蚁。它们的钩爪尖利有力，能够将坚硬的蚁洞挖开。那些洞孔交错、蚁虫涌动的蚁巢，我们看到都不禁全身起疙瘩，但却是穿山甲的垂涎之物。穿山甲的舌头是它全身最独特的器官，一条舌头几乎能达到与它身体相仿的长度，细长、柔软、灵活，且功能奇异，吐出来时活像一条大蚯蚓，能伸进狭小的洞穴里去舔吃白蚁。

小时候我从书本上读过白蚁会分泌一种含腐蚀性的蚁酸，就替穿山甲担忧起来。后来，有兽医经验的叔叔告诉我，穿山甲的唾液呈碱性，能中和白蚁的蚁酸，起到防止舌头被灼伤的作用。我听后一惊，恍然大悟。真是一物降一物啊。可见天地藏玄机，自然是最有趣的。叔叔还说，如果穿山甲挖到一个大蚁洞一时吃不完里面的白蚁，还会把它封起来，过些日子再来吃。吃光洞内的白蚁后，穿山甲会在洞内用泥覆盖上自己的粪便，再吸引白蚁来，为日后回头做准备。

以白蚁为食的穿山甲吃掉了害虫，避免了树木的白蚁之害，还在觅食的过程中疏松了泥土，提高了土壤的质量，是真正的森林卫士，对人类有恩情。我曾经从一个研究民俗的台湾朋友那里了解到,在台中有穿山甲生长的南屯地区,每年端午节就有一个叫"穿柴屐躜鲮鲤"的民俗活动。依照传统,当地人为了保证农作物的收成,会在每年端午节敲打锅碗瓢盆,穿木屐踩踏地面,以唤醒还在冬眠中的穿山甲。

我特别喜欢这样有趣的民俗,简朴的智慧。它们是先人珍贵的馈赠,以平实的温情提醒我们与自然之间榫卯相接的依存关系。只是今天,城市的飞速发展和扩张导致了人类物欲的严重失控,使穿山甲在经历了栖息地遭受破坏、食物短缺和农药中毒等威胁后又继续遭受被人类大量活捉以用于养生治病的厄运,短短几十年间,已经升级为国家二级保护动物,进入濒临灭绝物种名单。

穿山甲一般不会鸣叫,但在危险的情况下,它们也会发出如婴儿哭喊般凄厉的叫声,让人听了毛骨悚然。唐代著名药学家孙思邈被后世尊称为"药王",对于医德与治病,他尊重天道的规律,不赞成用动物入药,别有仁者之仁与智者之心,为历代医家和百姓所尊崇。在《大医精诚》里,他就写过如此精诚之语:自古名贤治病,多用生命以济危急,虽曰贱畜贵人,至于爱命,人畜一也,损彼益己,物情同患,况于人乎?夫杀生求生,去生更远。吾今此方,所以不用生命为药者,良由此也。

今天,我生活在阿尔卑斯山的脚下,在一个同样对生命和自然抱有敬畏之心的国度生活、思考。这里的物质资源并不丰富，人民更是深深懂得保护生物多样性的重要，懂得与自然和谐相处的平衡之道。有时候，在夜阑人静之时，我也会偶然想起从前的故乡大地，想起那些月光清白、虫声幽微的乡村夜晚。那些夹杂着穿山甲的快乐回忆，穿透半个地球和厚厚的时间，让我至今念念不忘。那个时刻，儿时的幸福感就会轻轻涌上来，在布满星子的夜色里定格。

2016 年 2 月

地球证词

坦桑尼亚 1986 年发行的 100 先令纸币上有两只母子象，它们昂首阔步，体态雄健，显示了大象在那里的自由快乐。然而，时光相距不到三十年，如今大象的数量在这片大地上已锐减到只剩一成。不止坦桑尼亚，也不止非洲大陆，今天，地球上仅剩的两个象种（亚洲象和非洲象）已全面告急，情况岌岌可危。

这让我在回首大象与人类及自然的关系时，突然想回过头来与这种生灵再一次深情对视。

大象是大地的一个符号。它的皮肤给人一种摧拉不朽的厚实感。其实，那是一种错觉。和它们硕大的身躯相比，大象皮肤薄。为了阻隔艳阳的炙烤和蚊虫的追赶，它们喜欢把大地的泥浆泼在身上，在皮肤上形成一层厚厚的泥苔。

那是大地的馈赠，呈灰色。大象灰，我生造的词。它是象的专利，如大地一样旷达、坦荡。

依我的美学经验，并不是每一种灰扑扑的动物都具有这种大地气节。仔细一想，在灰系列里头，骡子没有，犀牛没有，连爱打地洞的老鼠也没有。从四千多万年的进化时光里走来，身披泥苔的大象就如一具具有灵魂的泥塑，原始、粗朴、深厚，以自己独特的方式在大地上历经时间的淬炼。

象虽体形庞大且有力拔山河之势，却从不贪婪，是自然界里典型的素食主义者，离血腥最远。它们的一生只求果腹，自祖先始祖象在地球上出现以来，大象就甘于与大地为伍。在亚洲，植物繁茂的热带雨林是亚洲象的口福之地。为了补充巨大身躯的日常消耗，一头成年的野象一天要吞咽两百公斤的新鲜素食。然而，你想不到的是，聪明的大象竟然懂得如何去避开过度破坏森林。为了饱腹，它们总是阔步江湖，餐风饮露，以零碎的花语和草香去丈量大地。

迁徙觅食的象群加速了森林的新陈代谢。大象穿梭于丛林，躯干抖动起树木，能帮助种子传播，使森林越发繁茂。大象游走在野外，把草木踩入泥土，生成肥料，让土壤更加肥沃。象群所经之处，给大地烙下深深的脚印。它们盛露珠，盛雨水，为其他小动物提供生存的水源；也盛草香，盛月色，在五尺深的夜色里，为苍茫的大地溅起一泊诗意与光明。

和肉食动物相比，象的视力稍逊，却有记忆的禀赋，是极少数能从镜子里认得出自己的动物之一。东南亚国家就常报道有大象凭记忆报答恩人的事迹，如民谚——"大象永远不会忘记"。多年前我在泰国一座寺庙之外偶遇一头大象，象眼浓密睫毛下的琥珀色眼球一直让我念念不忘，那里头像是埋了一个千年的秘密，眼藏沧海，深如宇宙。

地球上每一种生物都有一本属于自己的性格履历，品性各自不同的大象也不例外。它们敦厚、含蓄、温驯、深情，最有动物美德。一位动物学家曾经告诉过我，雄象在示爱时喜欢用鼻子去爱抚对方，传达爱意。这个画面充满美学意境：山林之夜，大地如水温柔，那绵绵情意定能擦出银光般的明亮，在流动的风中映照着纷呈的星际。

野象都是成群地生活，属集体主义者，且是母系群体。它们有不少情感与人类相似，比如天生具有安慰习惯，懂得以声音和身体语言去安慰沮丧的同伴。要是象群里有伤病成员，其他大象定会不离不弃。甚至有的大象在见到亲人死于偷猎或处于极度悲恸时也会伤心欲绝，泪流满面。

达尔文就曾经在《人类与动物的情感表达》里描述过大象这种痛苦流泪的现象。我没有亲眼看到过，只知道象的这行悲情之泪在与人类共同生活的时光里一直流着，时至今日仍然没有停息。去年夏天，英国保护动物组织在印度解救了一头受人类虐待长达五十年的大象。当它身上的重重枷锁被解开时，大象当众泪横满面。

有时候，我不得不埋怨这个庞然巨物，它有着比人类强大几十倍的力量和体形，要是有狮子或者老虎一成的凶恶，都能把坏人的胆吓破。它们的善良常常会让我在查阅人与象的资料时深感羞愧。

泰国有句俗语："我们国家的自由是在象背上得来的。"回顾历史，人类无数狼烟四起的古战役最后均以象对人类的无畏与忠心告终。从公元前327年印度波鲁斯统帅以强大的象军搏击远征印度的马其顿王亚历山大的军队，直到只有几百年前的泰缅战争，我敢打赌，如果将大象驰骋疆场的功绩史卷卷裹起来，这个分量绝不会输于它们庞大的身躯。

然而，和战马的名声相比，同是被人类驯服而血洒战场，大象的"汗象功劳"却始终若有若无地游离在我们业已形成的历史之外。也许是战火当前，人假象威，人类对于这种生灵的依附，由始至终都仅局限在它们庞大的体形和超群的力量之上，而非情感。当战火熄灭，危机过去，我们重新面对大象时，又瞬间选择了遗忘。

天地玄黄，宇宙洪荒。今天，地球上曾一度分布广泛的大象已被人类活动逼到了濒危灭绝的边缘。世界野生动物基金会一再发出警告，地球上大象的数量逐年急剧递减，已被列入世界自然保护联盟的濒危物种红色名单。生物学家们都在担忧，大象的灭绝意味着同一地区千千万万动植物物种的灭绝，它的消失将会影响物种的走向。

尽管有许多人在为保护大象做努力，但今天地球上大象的生存状况仍不乐观。生活在亚洲的大象就彻底变成了人类的奴仆。在人的掌控下，它们好比一台台活着的起重机，不分昼夜为人类卖苦力，驮货、载客、开荒、筑路、犁田、驿邮……大部分被过度劳役，直到经年累月，折断身上的最后一根腿骨，才算是幸运地完结一生。说它幸运，是因为相比劳役，大象的生命会随时遭遇更为可怕的厄运。去年 10 月，云南就有过因盗猎象牙而杀戮野生亚洲象的报道。

从照片上我看到那具被切去前牙的庞大身躯，看见猩红的鲜血把大地染成一片蔓延的红泥，这让我有点恍惚，忽然觉得死去的不是大象，而分明是大地在死去。象的大半个脑袋被人用刀砍下，硕大的象鼻被弃置一隅，扭曲着向外延伸，每一个张开的毛孔似乎仍带着求生时深度呼吸的痕迹。

当夜的丛林，利刃的冷光定似鬼火般闪动，当盗猎者捧着那对仍滴血的家伙仓皇逃窜时，浩浩山风里，一定飘满了鲜血的腥咸之味。很难想象人类何以能仅仅为得到一副动物的牙齿而闯入野生丛林，高举屠刀，为了满足毫无节制的物欲和利益而蓄意把如此痛苦强加给另一个生命。当我想到盗猎者劈开它们的脑袋，在大象尚有知觉时就生生锯下它们的牙，不禁心生寒噤。

坚硬素白的门齿本应是雄性大象力量的象征，可悲的是，那种无边的光洁却让它们掉入另一种无边的黑暗。汉语里有成语"象齿焚身"，说的就是这种厄运之由、杀身之祸。

在亚洲地区，从印度河流域文明到古老的中国文明以及近邻日本文化中使用象牙的历史不下五千年。三千多年前司马迁在《史记·宗微子世家》里就有过如此记载："彼为象箸，必为玉杯；为杯，则必思远方珍怪之物而御之矣。舆马宫室之渐自此始，不可振也。"说的是箕子看到以暴君著称的纣王使用象箸，心里陡生恐慌。他知道人性贪婪永无止境，纣王既用上象牙筷子，必改用犀角酒杯；然后有山珍海味、华服锦袍。如此执悟，如此无度，必会让国家走上灭亡之路。

肉林酒池，穷奢极侈。五年后，商朝以亡国告终，纣王举火自焚。鹿台遗恨，玉碎宫倾，象箸最终以洁白之身裹上文字，为历史刻下了沉沉叹息。

欧洲不出产象牙，但只要沿着葡萄牙人登陆非洲的历史绳索，跟随他们在非洲贩卖黄金、象牙和奴隶的足迹，我们同样能找到欧洲人大量消费象牙制品的史实。我曾不止一次在欧洲的教堂圣地见过用象牙雕刻的宗教用品，甚至这里寻常家庭的钢琴琴键也是象牙所制。今年春天，有幸拜访中国国家一级工艺大师张民辉老师，从他牙雕到骨雕的职业生涯转型里，我恍然顿悟，原来象牙工艺品完全可以由牛骨代替。

人类把象牙的运用带上了歧途，也把大象带上了死路。然而，最令我伤怀的是，这种狂热的追求时至眼下依然没有停歇。今天，生活在非洲的大象仍然无时无刻不在遭受被猎杀的威胁。黑市的牙雕贸易在当今依然长盛不衰。

穿过繁忙的牙雕市场，我仿佛总能看到大地上象尸遍野，多如雁鹜。牙雕透心的冷也会让我深感不安。每一次，当我触摸到那一股脱离生命的冰凉，仿佛都能依稀听到大象挣扎在刀下时那些沙哑而冗长的痛喊。那个时刻，天地万物必像遭遇灭顶之灾，树叶抖落，河水倒流。

大象的生命规律与人类相似，自古就与我们亲近，甚至在许多危难时刻，善良的象对人类鼎力相助。2004 年的印度洋海啸，人们在紧急救援时，因重型机械无法进入灾区，后来竟是大象依靠敏锐的嗅觉在废墟中找出了几百具罹难者的遗体。面对如此深情厚谊的生灵，我的内心常常会充满汹涌的悲情，拷问我们人类的良善。

面对人类摧毁自然，以各种名目去折腾其他的生灵，大象沉默不语，欲说还休。我悲哀地假设，会不会有一天，当大象从地球上灭绝，人类不得不在史籍的指引下去重新怀念它们的存在时，站在食物链顶端的我们才豁然明白，人类从来没有遵守过与自然和谐共处的契约。

历史上的中国曾是一个亚洲象资源丰富的国度，黄河以南有广泛分布。透过一个古老的"豫"字，我们能依稀看到三千多年前一个人手牵着大象阔步于中华大地的情景。后来，由于环境变化及诸多人为因素，亚洲象被逼迁南移。13 世纪闽南亚洲象绝迹，17 世纪岭南及广西的亚洲象彻底消失。如今，云南省自然保护区仅剩的野生亚洲象已不到 200 头，只有野生大熊猫数量的七分之一。

作为旗舰物种，大象对于人类最具有精神价值、美学价值和文化价值。只是今天，我们的星球只剩下不到十分之一的陆地是由尚未被人类侵扰的森林所覆盖，且飞速的现代化进程还继续吞噬森林，其中适宜大象栖息的雨林消失得最快。这是野生大象所面临的另一个挑战。栖息地的丧失和碎片化，迫使这个巨大之物不得不穿越丛林和夜雾去到村庄和农田觅食，最终引发人象冲突。

非洲象遭遇象牙之劫，亚洲象难逃环境之灾。两种大象背负着祖先四千多万年的进化史，隔着半个地球无声而泣。

地球是一个共同体，表面上物种之间毫不相关，而实质上却是榫卯相接，任何一个局部的失衡都会引起整体格局的变化。几个月前的一天，我在《科学》杂志上读到一则消息说，不少生态学家们一直相信，当地球上的巨型动物濒临灭绝时，体形较小的动物就容易称霸地球。届时啮齿类动物如鼠类的大量繁殖会导致病菌的快速传播，人畜共患病的概率大大增加。美国加州大学的希拉里·杨（Hillary Young）等生态学家在长达二十年特定设置的空间领域中完成了实验并证实了这个推测。

那一夜，我彻夜难眠，忐忑入梦。恍惚中又看到儿时跟小伙伴们坐在象背上玩耍的情景，我们在大地上和大象一起前进，一时分不清究竟是我们牵着它走还是它牵着我们走。

迷茫间，繁星一点一点在眼前暗淡、隐没、坠落、消失。月苦霜白，茫茫渺渺，最后只剩下苍凉的大地与天空。忽地，大象也骤然倒下，我们不明缘由，又措手不及，身后的世界同在瞬间轰然倒塌。

2015 年 10 月

大地的英雄

　　在瑞士生活了十几年，每次坐火车穿行在这个诗一般的国度，视线依然会被窗外的美景深深吸引。连峰叠嶂、群山环绕之处，大地一片苍翠。牛群自由自在流连其中，让人哪怕是浅浅看上一眼，都禁不住心荡神摇。绕过山水迂曲处，进入城市，还有不少出租花园点缀在城乡之间。方寸之地，果树婆娑，素花浅开，使乡村和城市的界线更加模糊而不分彼此，充满了一种世外桃源的美感。

　　在瑞士，出租花园是大地上一方别有情致的景点。它是政府鼓励家庭式耕种的一种存在方式，把城乡之间的部分公共土地划分成方块，再以极其低廉的价格出租给国民，鼓励他们种植水果、蔬菜花卉或者香草等农产品，自己动手，管理土地，美化环境，自给自足。这种不让城市无限扩展和抵制绿地消失的土地管理模式在欧洲很受欢迎，它代表了一种敬天爱人的生活方式，一种朴素而天然的美学精神，使人们在动手的过程中亲身感受和土地的关系。

我的一位瑞士朋友丽莎就租有这样的一方花园。丽莎是传统瑞士农民家庭长大的孩子，也是一位生物学者和瑞士永续农业坚定的追随者。永续农业是 20 世纪 70 年代末由澳大利亚生态学家比尔·莫利森（Bill Mollison）和戴维·洪葛兰（David Holmgren）开创的一种持续无害的农业生态系统，它以禁止使用杀虫剂并且摆脱对石化燃料的依赖为基础，是一种将对环境的影响降至最低的同时也多样产出的农业系统，代表全面而自然的生态农业。

永续农业已经逐渐在全球发展成一场世界性的环保运动，继 1991 年瑞士永续农业协会成立以来，时至今天影响力已经遍及瑞士 25 个城市，其中以首都伯尔尼阿尔卑斯山区布里恩茨湖上方的永续农业栽培中心规模最大，参与者大多是年轻人。永续农业支持小型农场的作业，是采用尊重大自然规律的科学方法从事农业种植并且促进土地永续利用的一个农业系统，同时讲求食物的近程实用性。

按照永续农业低输入与作物多样性的原则，丽莎在自己的花园里种下各种不同的水果和香草，以及能互相促进生长的蔬菜瓜果，按照植物的不同属性，丽莎把它们种在最适合生长的地方以获得最佳的口感和味道。她还按照植物的科学对应性去栽种各种防御虫害的草本以作保护作物之用。每逢休息的时候,我特别喜欢在丽莎的花园里摘上几片新鲜的薄荷叶泡茶小憩,看她随大地的脉动劳作,享受一种够用就好的生活哲学。

当我们一边从乡村向城市迁徙,又一边批评城市生活的苟延残喘之时,当我们在《中国在梁庄》《每个人的故乡都在沦陷》《田园将芜》,以及《一个村庄里的中国》等文学作品中叹息传统村庄渐渐走向消亡之时,原来,在不少发达的西方国家,越来越多的年轻人已经从一系列的环境问题中反思近代农业体系的不足之处,并着手扭转单一耕种的农耕模式,挽救已经弱化的土地,努力让人类重返美丽的乡村大地。

永续农业开启了这样一场精彩的"土地革命"。在瑞士,人们对大地的由衷热爱跟这里传统农业尊重自然的意识非常吻合。比如说,在瑞士的农贸市场,个体小农生产商零卖的果蔬一直都是品种繁多但数量有限的农产品,一个摊档上常常就只出售来自同一个小型农场的蔬菜水果,甚至还附带相关的农副产品,例如鸡蛋、蜂蜜、花卉和果汁等等。

保持植物生态的多样性,尽量鼓励食用近程可得和当下季节的食品,这些都是瑞士小型农业耕种模式对密集型和营利性单一粮食种植生产模式的一种对抗。因为有了一代又一代人所传习的保护意识和生产意识,今天的瑞士方才有了不管你如何移步换景,眼前的风光都是一幅幅田园牧歌的图画。高山、湖泊、牧草、飞鸟、流云、果树、落花,山水佳处,均美若仙境。

　　拥有大地情怀的人都是大地的英雄。当下世界每个角落都充斥着漫无止境的攀比竞争，在电子技术已经操纵全球的今天，环境和资源问题也变得日益尖锐，人类更迫切需要一种有土地情怀的科学，一种回归天人合一的自然理念。在我有限的认知里，一生拥有大地情怀和修为的人很多，他们对土地和自然都有着至为朴素的情感与执着的信念，也一一启发过我对宇宙万物的认识，以及人与土地如何相容而生的思考。

　　例如 1995 年世界粮食奖获得者，瑞士昆虫学家汉斯·鲁道夫·哈伦（Hans Rudolf Herren），离开故土远涉非洲生活 25 年，当非洲的主要粮食木薯被一种叫作木薯粉蚧的外界入侵害虫大肆毁灭而杀虫剂已无能为力时，他怀着对天地万物自然平衡的坚定信念，从北到南跨越南美洲，展开了一场探索虫源之旅。终于在巴拉圭与巴西和阿根廷的交界处，在与一只黄蜂的邂逅里破解了自然的天机，找到了木薯粉蚧的天敌，挽救了整个非洲两千万人的性命。

　　继有 2008 年以 95 岁高龄过世的日本人福冈正信，他深信自然就是最好的宗教，前后花了 24 年的时间在自家的土地上不厌其烦地试验，写下《一根稻草的革命》一书，努力告诉人们自然农法和远离化肥、农药依赖对土地的重要性，在西方产生了不小的影响。福冈正信经过一场大病，从老子"大道自然"的哲学思想中得到启发，坚信农人不需中耕除草，主张尊重自然法则并加以实践，开拓了大自然鱼翔浅底般活泼洒落的哲思境界。

还有大名鼎鼎的英国生物学家查理·达尔文。他的一生都围绕自然，围绕大地，晚年最感兴趣的就是研究蚯蚓。他曾在自家的花园中潜心观察蚯蚓钻过的地下孔道对生态系统的影响，撰写了一系列相关著作。达尔文写过："犁是人类最早最好的发明之一，但远在人类生存之前，我们脚下的这一片土地，土壤已被蚯蚓耕耘过，并将永远被它们耕耘下去……蚯蚓是地球上最有价值的动物，除了蚯蚓粪粒之外没有沃土。"在这些充满科学精神的文字背后，我看到一个科学家虔诚地为土地俯身弯下了腰板。

对于土地的保护，他们都是最有悟性和慧根的人，至少写出了让我深深折服的文字，做了让我羡慕不已的事情。他们的理论、行动和哲思不仅让我感动，也让我从中找到了自己的坐标，由一份土地情怀出发，继而扩展到对环境保护、乡村建设、手工作业、民俗文化和旅游文化的思考，并在不断的求知和行走中探索一个更好的人类未来世界。

今年初夏在古巴旅行，司机住的地方离我入住的酒店不远，我就顺道去他家里小坐，体验当地生活。进入大楼的院子，明明还在城市里，谁知道拐个弯，就遇上个菜圃，再拐个弯，还是个菜圃。参差不齐的民居前，家家门前都开垦出一方小天地，种满了各种蔬菜和瓜果。菜圃和菜圃之间，好几个古巴妇女正低着头在打畦、整地、施肥。在她们的背后，天海辽阔，大地温润，夏虫藏在玉米苗中叫得吱吱响，把午后喊得绵长。

在这个经济严重滞后的国度里，人们质朴心素的日子里却浸透出一种最原始也最毫不矫情的大地情怀。我从当地人那里听说，自20世纪90年代古巴失去了苏联这座物资大靠山后，石油供应骤减的古巴，社会生产力急速倒退，甚至发生过严重的粮食危机。政府及时反省自己，明白对石油一贯的依赖导致了如此危机，于是在全国推广永续农业取代旧有的工业农作方式，鼓励国民人人自己动手，开垦荒地，混合种植蔬菜瓜果，实现自给自足。

没有石油资源，古巴人就用人力和牛马代替机器进行多元化种植。政府禁止使用农药化肥，人们便就地取材，在地基边上用自己家里每天的厨余、田间的腐殖物和动物粪便做堆肥，制作生态肥料。没有杀虫剂，他们就种植天然抗虫花草以防治和控制病虫害。为了给我看用土法所堆的生态肥料有多好，司机把手伸进菜田边一个大木桶里，随手捞上来一把泥土。阳光下，泥土中涌出好多好多的蚯蚓，如一群掌中的游鱼，在天地间滋润潜行。

推行永续农业的古巴让我了解到大地古老而有趣的一个秘密：原来养殖蚯蚓所产生的粪土含有大量促进大地有机物

质矿化的微生物，它们可以恢复土壤活力，提供肥料，是代表土壤健康品质的一个重要符号。所以在推行生态农业的古巴，自己动手堆蚯蚓肥非常普及。与人类相比，蚯蚓和大地有着更亲密悠久的关系，它们在人类出现以前已经耕耘了这个地球亿万年，所以在古代的农业社会，蚯蚓也是破解大地健康的密码，要看一块田肥不肥沃，只要探看一把土壤里面伏有多少蚯蚓就能比较出来。

蚯蚓一直与大地惺惺相惜，与世无争。和我一样，它们喜欢宁静，甘于守下，对现代文明持有保留态度。从地球亿万年的地壳变化中一路进化而来，它们总是乐于与人为伴。只是今天，在地球上过度使用农药肥料的地方，现代工业文明生生地隔断了这种关系，使它们逐渐淡出了我们的视野。当城市房地产开发商的车轮碾进乡村，蚯蚓都听到了，它们躲在地下，沉默不语。当人们在大地上喷洒杀虫药时，它们也闻到了，擦擦眼泪翻个身，和大地一起低声喊痛。

推行永续农业生产以来，以多元化混合种植为基础的古巴农业不仅推翻了单一耕种的虚伪绿色农业，还推翻了无度的消费主义文化和竞争性的贪婪，使万里之地皆为沃土良田。菜圃轮作，四季无休。活化了的土地不仅进入了真正的健康循环，还保持了土壤原始的品质。有机农作的比值高达全部农作的80%，既强化了国民的健康，也打造出一个名副其实的生态农业神话。

正是向日葵盛开的时节，邻居大伯砍了葵花捧着送过来好几株。碗口般大的葵盘在阳光下摇摇晃晃，青色的瓜子挤得密密麻麻。司机看着好欢喜，赶紧追过去把一扎水灵灵的青菜塞到邻居的手上。那个场面别有一种久违而朴素的人情之美。后来我听说，在哈瓦那这么一个250万人口的城市里居然拥有上千个农民集市，由于农产品都遵从近程销售的原则，其中大部分集市是街坊式的集市，甚至农产品就近在小农场的门口出售。这种带有古巴特色的生活方式大大拉近了人与人及人与大地的关系。

苦难当属人类生活中一种不错的生存经验，当它把现代生活虚幻繁华的部分从光尘中剥离出去，我们才得以回过头来与大地深情对望，细心感受日月流转、山水回旋，并重新思考我们与土地的关系，找回人类在自然中本来的位置。古巴的农业转型向世界提供了这样一个参照，它所创造的农业典范让这里的每一分土地都自成一个灵性的磁场，潜移默化地影响了一方水土下子民的性情和伦理观，在不动声色处缔造出一个民风柔婉的世外桃源。

奔跑在古巴湛蓝的天空下，那一畦畦连绵起伏的甘蔗田不断后退，永续农田中熟悉的混种作物在面前晃荡，不经意间，我生出那么一种幻觉，儿时的故乡，珠水两岸用淤泥壅积成田所生成的乡村美景，紫绿色的甘蔗地、柔润闪光的鱼塘、翠绿欲滴的芭蕉，还有豆娘的展翅、蜻蜓的低飞、蝴蝶的徘徊、蝌蚪的抖动……

那时候，故乡的大地还是乡村的模样，村里的农民沿袭珠三角先祖的耕作智慧，采用挖深为塘、覆土为基、基塘结合、能量循环的最佳农业形式进行世代接力的耕种，顺应自然，鱼塘的塘基上除了种蔗种蕉、种菜种果，还饲养牲畜家禽，在四季流转的乡村时光里呈现出大地最丰饶的美感。

那里也是大地英雄的一方晒梦场，缔造出各种生态的神话和美景。在故乡有鱼塘的甘蔗田边，我犹记得儿时村里的农民喜以蔗叶和蔗尾部分切碎用于鱼塘喂鱼，达到天然能量循环的效果。蔗屑入水，鱼群闻声蜂拥游来，水面骤然迭起喋喋之声。那些声音在乡村静美的时光中格外细腻而悦耳，与甘蔗林沙沙的声响一起，随着波浪，随着细雨，一路涌向辽阔的远方。

在这种尊重自然规律的农业传统中，大地上所有平凡的自然之物皆能生出意想不到的大智慧，它们环环相扣，相互依存，并在不动声色之处与大地生发涟漪，与天共长。在故乡，一只小小的乳鸭一旦破壳而出，羽毛风干后就可以放养于稻田。鸭子养在水稻田里，既能除虫除草，中耕浑水，还能够防治螟蜞与蝗虫之害。鸭子在稻田里穿行，排出的粪便也是水稻的有机肥料，给大地带来土肥相融的良性循环。我还记得儿时在乡间生活，自己在稻田边帮忙整理鸭舍，雨来了，打在青绿的稻田上，打在我的蓑衣上，打在小鸭游弋时颤动的羽毛上，水汽漫漫，浸透开来，会给大地染上水墨般的诗意。沛雨甘霖，碧水浮动，我在稻田边上听着小小鸭苗的喜悦初啼，那声音翠绿娇嫩，新鲜得如大地上新雨中的一芽稻秧。

稻田养鸭是故乡精耕细作的一种共作模式，现在回想，无不是生态农业和永续农业的雏形。每年晚稻收割之后，村里的乡亲还会利用稻田余留的肥力直接开沟播种。他们用草皮、禾秆灰、自然垃圾和兽粪进行自然堆肥，为大地补充生命力，并在田间轮作冬种蔬菜。到了小寒时节，花椰菜、茼蒿、莜麦菜等等蔬菜就能上市。那时候天冷，我们围坐在院子里用新鲜摘下来的冬种菜煮火锅吃。蓝夜里，弯月当空，一朵朵小小的黄色瓜花会在院子的凉风里轻轻摇荡，一时间，大地也星光婉约。

面对如此静美的乡村，面对如此丰饶的土地，我无法不想入非非，天马行空。直到有一天，人类以各种名目给大地灌饮农药和化肥。受到化学品污染的水源流向河流、小溪，对青蛙的中枢神经造成伤害，使它们发育迟缓，体形缩小。慢慢地，那些黑豆般的蝌蚪就从大地上消失。蛙声戛然而止，流萤不续。乡村生态自然平衡的美景开始改变，开始消失。一起改变的，除了空气和水源，还有情怀和关系；一起消失的，除了蛙声，还有豆娘、蚱蜢、蜻蜓、蝴蝶……以及我们对土地的良知。

　　再后来，城市不断向乡村延伸，把生态系统和带有生产能力的美学景观一一破坏。城市进程的列车驶入乡村，把滚烫的沥青铺在大地上，让它们变成呆板笔直的马路。炊烟晃荡的乡村里，我亲眼看到被砍下的大树流着绿色的血，同大地一起在呦呦喊痛。那个时候，大地如死寂静，鸡鸣停息，虫鸟不啼，一方方池塘也开始被一一填满，直到被吸干最后的一滴眼泪。

　　人类对待大地的态度正是我们对待自己生命的态度。地球是一个共同体，物种之间潜藏着复杂的平衡关系，任何一个局部的失衡都可能引起整体格局的变化。当摩天大楼越建越高，地下资源越挖越深，地球上自然绿地消失的速度也远远超过我们的预期，其实不计其数的生物物种正因为人类的侵略而加速灭绝，人类的贪婪之火让地球上所有的生命也一起陪着遭殃。

　　我不知道人类终极的现代化追求究竟会是什么模样，但我一直相信，现代化若是脱离自然而存在，那么它所谓的价值将是毫无价值。今天，全世界仍然有接近七分之一的人口饿着肚子上床睡觉，而主流的粮食生产方法是采用大量使用农药及单一农作物种植的模式，这导致了土壤退化、水污染和生物多样性减少的问题，既不可持续，也没有真正解决问题，更没有为后代做出思考。

　　其实地球上所有的植物都能离开人类而生存，它们当中的大部分，在人类还没有出现之前已经存在于地球之上，甚至生长了亿万年。老子所说，道法自然。宇宙万物都有其本然的规律进行能量的流通和转化，从来不需要人类从中揠苗助长。花苞知道什么时候绽放，蔬菜能以自己的属性生长，果实也懂得如何自然长大。无视自然的观念，破坏任何的生态平衡都有可能引发灾难性的结果。

幸好地球上还有一些大地的英雄，他们从泛滥的物欲中先行苏醒，一边开始努力重塑为后世着想的伦理观念，走在重建天择和重建自然法则的道路上，一边努力恢复地球的活力，发展可持续的农业系统。浮华闹市之中，我所求甚少，只愿也得其英雄之气，返璞归真，怀揣保护土地的一颗修行心，踏上与自然万物和平共处的朝圣之路，在自己小小的道场上默默潜行。

2015 年 7 月

星斗如灯

——缅怀中国暗夜星空之父王晓华

今夕中秋，月圆之夜。

晓华老师，自您神游仙去，月亮在天上一回一回地圆，不知不觉，已经是第三回了。

秋凉如水，夜深，月满西楼。我摊开稿纸，放逐思绪远行，在静默中开始梳理您的往事。

让时光回到 2010 年吧！

那一年，擅长摄影的您偶然翻到一则大赛启事，征集全球夜空主题的摄影作品。这则启事激活了您少年时对天文的兴趣，使您兴致勃勃地背上了摄影器材，怀着满腔的热情，一步一步，攀登上七星台广袤的大地。

七星台坐落在连绵的大山之巅，一段古老的齐长城蜿蜒盘桓，萦绕着孟姜女哭倒长城的传说。这里青山一屏苍翠，长城古老庄重，一直是您喜爱的净土。更难得的是，由于远离城市泛滥的光污染，从这里能够清晰地拍摄到明亮的银河，感受星空的震撼。这种天然的壮阔赋予了您激情和灵气，为您的星空梦勾画下雏形。

回家后，您便把拍到的十几幅作品中最满意的一幅投了出去，命名为《长城上的星空》。这幅作品真是美极了，画面中，星海灿烂辽阔，银河从天蝎和人马两大星座中间穿梭而过，斜斜地横跨在雄伟的齐长城上，使蓝紫的夜空更显厚重瑰丽、典雅夺目。

美的东西向来都是容易让人产生共鸣的。不出所料，您的佳作后来就被大赛评定为"2011年度最佳夜空摄影作品"之一，随即登上了美国《国家地理》杂志的封面，还被海内外媒体纷纷转载报道。

当人类与星空已渐行渐远，您用一双善于发现美的眼睛，把我们在不经觉间遗忘的自然本真，以及中华大地古老的象征清晰地呈现在世人面前。

您是首个参赛和获奖的中国人。这让大赛评委、"天文学家无国界"组织主席迈克·西蒙斯（Mike Simmons）先生喜出望外。迈克·西蒙斯先生激动地告诉您，目前世界上许多地方已经纷纷加入了控制光污染的行动中，先后建立起暗夜保护地，唯有亚洲在此领域仍属空白。

"那么美好的事情，为什么不做呢?"

您没有多想，就以一泊追求美好事物的情怀，迎向了迈克·西蒙斯先生朝向东方的目光。

　　然而，实际工作却远比预料的困难。这也是如今我们在回望中国暗夜星空保护这段发展历程时，大家感到最为难过的地方。

　　作为已退休的军队大校、国企董事长和党委书记，诚然，您本可以安心地享受养尊处优的清闲日子，然而，看到无处不在的光污染，立志要在祖国的土地上保护好一片暗夜星空的念想就如一粒火种，在您的心里灼热着，燃烧着。于是您就在获奖后的次年发起了"中国星空项目"行动。为了给暗夜保护地选址，又自费四处奔走，不辞劳苦，足迹遍及北京、济南、青岛、杭州、厦门、敦煌等地。最后，好不容易才在西藏阿里地区狮泉河镇以南的一片无人区与理想的暗夜地相遇。

　　在这些日子里，晓华老师，我知道没有几个人能真正了解您所遭到的冷遇，当中的坚持又是何等的孤独和艰涩。毕竟，公众对光污染还缺乏了解，相关的危害也报道甚少。而且，光污染的直接危害听起来似乎还远不及水污染和大气污染来得迫切。这一切，使您在前行的路上听到最多的一句话是："水、土地、空气污染还没解决好，哪能顾得上星空呢？"

　　幸好，世上还有您这样心怀卓见的人，凭借坚定的信念和执着的勇气，在人类持续以牺牲自然为代价的现代化发展历程中，怀揣不囿于常规思考的能力与气魄，为后人矗立起前进的灯塔。

还记得去年我们探讨过的两个瑞士小山村吗？在这个经济发达又美若仙境的欧洲小国，让人难以置信的是，时至今日仍然存在着应否安装路灯的讨论，甚至还有至今仍拒绝通电的小山村。

光污染是反对安装路灯的村民提到的主要原因。我就曾经满怀好奇地去当地考察过，在那纯粹的黑夜里感受过星空的宁静之美，自然也就深深明白了村民的坚持和倔强。您听后无不感叹地说，这种原生态的意识真是太难得了！可见黑暗也是一种光明，会照亮我们昏暗的迷途。

在过去十多年的工作旅程中，我有幸到过瑞士不少的山区旅馆留宿，在一次又一次的亲身经历中去反复感受瑞士人热爱自然和遵守自然规律的精神。还记得有一回，我请教一家山区旅馆的前台经理，为何不提供夜间的前台服务，他没有多说，径直把我领到旅馆宽阔的露台前，陪着我在没有人工光源污染的黑夜里感受自然的明净和一种自然规律下才独有的纯粹。

我记得，那一夜山风清澈，大地上草香氤氲，虫鸣隐隐，宁谧的月辉铺满了我们的双肩，漫天的繁星勾起了我童年的记忆，一路漫向时光的深处。那一刻，我被一种久违的秩序之美深深震撼，如漫游于世外，在仙境中飞翔。

是啊，夜间的生态环境无疑是一笔宝贵的自然资源，值得全球人类去共同保护。只是今天，现代生活带来的过度照明浪费了大量的金钱与能源，不仅造成了气温上升，还导致了严重的生态破坏，既阻挡了人类对星空的感知，也让自然界的动植物陪着我们一起遭殃。

地球上所有的生命都需要依赖日夜交替的规律变化来支配自身的生命行为，进行繁殖、进食、睡眠、迁徙，躲避捕食者。只是，现代的人工光源把黑夜生生变成了白昼，剧烈地改变了天然的黑夜环境，对鸟类、两栖动物、哺乳动物和植物等许多生命都产生了致命的影响。

夜间迁徙或捕食的鸟类本是通过月光或者星光来导航的。然而人工光源常常导致它们偏离航道，向着危险的城市夜空飞行。地球上每年有不计其数的鸟类死于与建筑物的碰撞。高楼上那些非必要的照明，在被我们忽视的世界里，成为埋葬它们的坟墓。不仅如此，人工光源还破坏着四季更替的时空信息，常常导致候鸟的迁徙出现过早或者过晚的现象，这使它们错过筑巢、捕食的最佳条件，鸟类的生存数量不断减少。

我小时候还在书本里读到过，生活在大海中的海龟妈妈会在晚上爬到沙滩上孵卵。那些初生的小宝贝们，破壳后都会在黑暗中通过识别海洋上明亮的地平线去找到大海，在第一卷海浪中开启活泼的一生。然而今天，泛滥的人工光源常让小海龟们偏离了进入海洋的路线，使它们还未感触到大海便夭折在远岸。还有两栖动物，例如青蛙和蟾蜍，夜间的叫声本来是它们交配过程的一个重要信号。然而，大量的人工光源干扰了它们的这项夜间活动，一些地区的两栖动物繁殖数目大量下降。

更具体的例子还有北京的颐和园，那里的古建上一直栖居着许多雨燕，但是有一段时间人们发现它们不再来了。后来颐和园从"亮化工程"里找出了原因。在科学家的帮助下，园区调整了景观的照明级别，既关照了雨燕的生存，又顾及了建筑的照明，回归的雨燕又成了颐和园一个生动的自然景观。

我还知道在树木发芽期间，光对树木的影响比温度更大。植物白天发生光合作用后，需要在夜间进行呼吸，而日益严重的光污染正严重干扰着植物的作息。有数据指出，在光污染泛滥的地区，连树木的发芽都比其他地方早，梧桐树、橡树，以及山毛榉树等都会因为人造光的影响而提前发芽，这对以树叶为食的昆虫及以昆虫为食的鸟类都造成了一环扣一环的影响。

诸如此类潜在的危害，晓华老师，您都比我们了解得多。因为懂得，所以心切。使命感使您不断发散出个人的生命能量，一边试图解决资金和组建团队等问题，一边不停地踏上入藏的道路，一心要在这个海拔高、人口少、大气稀薄却具有顶级观测条件的地方，建起中国乃至亚洲的首个暗夜保护地。

　　然而在空气稀薄、天气苦寒的藏区连续工作，艰苦的条件远远超乎我们的想象。恶劣的环境就如隐形的野兽一样，哪怕是一场不在意的感冒，都会引发肺部问题，摧毁一个健康的生命。即使您不曾抱怨，然而遗憾的事，让人担心的事，最终还是发生了。就在您第四次从西藏回来的路上，舟车劳顿加上高原反应，您的身体终于扛不住了。

　　尽管有病在身，您心里装着的仍然是两件事。一是第 29 届国际天文大会，二是暗夜星空保护工作的开拓。您知道这个会议的重要性，必须把握此机会让世界认识西藏阿里的动力驱使您仍带病持续工作，坚定的信念屹立不动。

　　终于，一段由您克服了重重困难而策划的阿里星空短片在夏威夷举行的国际天文大会上大放异彩。您和中国的天文科学家一起，让暗夜保护领域的各国先行者亲眼见证了壮丽的高原风情和天文台上空灿烂的银河，见证了中国在暗夜保护方面迈出的重要一步。

　　遗憾的是，从夏威夷回来后，延误的病灶持续恶化，医生不得不把您的部分右肺切除，然而确诊了肺腺癌。

　　开拓星空保护事业犹如入藏的旅途一样艰辛，同时耗损着您的生命。

　　可幸在 2015 年，经过多方面的接触，中国科协体系下属的中国生物多样性保护与绿色发展基金会（中国绿发会）张开双臂接纳了您，专门设立了星空工作委员会，去年 6 月，又与阿里地区、那曲县正式签署协议，启动国内首批"中华暗夜星空保护地"试点——阿里暗夜保护区和那曲暗夜公园。

那时候您就欣喜地与我分享这些进展和媒体的报道，对越来越多的公众关注感到由衷的喜悦。由零起步，跨越种种关隘，一步一个脚印，从"中国星空项目"到"中国星空工作委员会"，走了整整五年，那条连接阿里的路，同样链接了世界。中国的暗夜星空保护终于初见规模。

唯独让人难过的是，来势汹汹的癌细胞，肆虐的癌细胞，凶恶的癌细胞，却始终没有停止过折磨您，直到有一天，把您彻底吞噬。

今年的 7 月 7 日，我依然清楚记得，当时我在日本旅行，孰料刚走出大阪机场的海关，就被一条短信拉住了。短信是朋友发来的消息，告知我，您已经永远地离开了我们。日落的残阳铺满他乡的大地，落地窗外的出租车上，走了一辆又一辆，而我却无法马上继续旅途，在偌大的机场大厅里，呆坐了很久，很久。

8 月 24 日，您的七七祭日。中国绿发会举行追思会，满堂悲恸。当我隔岸看到您的遗像时，刹那间，悲伤之泪，无语落下。遗像的正上方，摆放着您生前拍摄过的浩瀚星海，它们在焦墨般的暗夜中瑰玮博大，在漫漶的黑夜里继续散放着光明。

"人类历史上有一些伟大的事业，必然要经过一些浑浊的阶段，最后由时间去评说。暗夜星空保护就属于这一类。它的伟大，只属于站立在最高处的自然保护者。"

这是今年 6 月，我们在微信上进行最后一次交谈时，我给您发过去的最末一段话。

刹那阴阳，天上人间。如今，它竟成了我们最后的道别。

身隐苍穹处，魂归九重天。晓华老师，此刻您在天上，是那东方的启明，是那如灯的星斗，永远坐卧在带领我们的道路上，赋予后人奋然前行的勇气。

让我怀揣向"中国暗夜星空之父"致敬的虔诚，亲手在这个里程碑上写上您的名字：

晓，是晓示的晓；华，是中华的华。

谨以为启示，谨以为怀念。

2017 年 9 月

邓村的竹子江湖

横穿广宁腹地进入相邻的四会，一路上，拐个弯，是竹林，再拐个弯，还是竹林。这种千竿幽篁、竹林成海的气势很有诗意，让人行走其间都不禁悠悠然产生一种幻觉，以为不经意顺着绥江水面闪闪的波光进入了隔世幽境，忘了今夕何年。

珠江水暖，氤氲温润，自古以来就是竹子生长的沃土。小时候我在珠江水乡的竹林里穿行，就尤其喜欢在雨后把耳朵贴在翠绿的竹皮上去享受竹壁的清凉。打很小的时候起，我就从竹皮上听到过，竹筒里面不但盛有蝉嘶，盛有虫鸣，还盛有地下刚刚破土的竹笋向上生长时毕毕剥剥的声音。那时候祖母老说竹子是空心的，我躺在天台的凉席上听她讲话，看着蓝夜下穿行的萤火虫，心里暗暗偷笑。那是我和竹子之间一个小小的秘密，竹子也一直守口如瓶。

乡村是竹子的知音，也是时光消停处可以寄存儿时回忆的地方。所以当我听说在毗邻竹乡广宁的四会市邓村镇如今仍然保留着用竹子手工造纸的传统技艺，便心生向往，如一个在城市里迷失已久的孩子，需要一个小小的道场，把我渡回童年记忆深处那个恋恋有味的乡土世界。

由于道路不熟，我们在寻找的路上求助了一位在当地开摩托车的大哥为我们引路。大哥一路领着我们经过迂回的乡间小道，经过浅浅青碧的河流，经过一畦一畦的农田，似乎越走越清静，越走越隔世。这就对了，我忽然想，如此古朴之事，必定与现代生活保持着一点疏离感。也许，并不是现代都市容不下它们，而是它们不屑于去争热闹，如乡村暗夜里一只身披月光的刺猬，宁静自守，独自欢喜。城市道路上任何一声不耐烦的喇叭响都会扰乱了传统的氛围。

路上见到有村民在远处的竹林里砍竹，引路的大哥自豪地回过头来对我们说，这些砍下的竹竿经过处理后就是制造竹纸的材料。我抬头怔怔地看着在风中摇曳的青青翠竹，它们每一根都高洁雅致，各具情韵，让我不禁就想起那个在幼年时已经对竹木之馨深深着迷的小女孩。那时候，竹子是连接大地与天空唯一的符号，在我始顿初开的目光里，它们能与飞鸟对话，能与月亮交谈。

时至今天，邓村仍保留有古法造纸的家庭作坊几百个，细密有致地分布在邓村不同的地方，如乡村大地的万家灯火，照亮了一方传统文化的夜空。

有热心的村民告诉我，这里的造纸工艺沿袭了约两千年前蔡伦的造纸法，从原料、工具、操作技术到工艺流程都与《天工开物》记载的基本一致。从一根竹到一张纸，要经过砍竹、挞竹、腌制、碎竹、舂竹、打浆、榨纸、松纸、晒纸等二十多道工序。每一张纸的产生，从一双手到另一双手，从大地来再回到大地去，都是一根竹在人间一趟纸版的旅行。

古老的技艺既是历史的记忆，也是岁月的痕迹和人文的温度。时光易逝，谁能计算在接近两千年的岁月里，时间究竟消亡了多少记忆，毁灭了多少工艺？然而，千年前的古法造纸术却依然能在这片大地上手手相传，时至今天仍然余温未散，我敢肯定，蔡伦要是在天有灵，他老人家肯定高兴。

在砖瓦结构的半敞开式作坊里，我有幸见到了这门手艺的一批守护者，也第一次亲眼见到了原始的造纸水槽。这是一张纸坯真正初见雏形的地方。且慢，从砍竹到水槽抄纸，中间其实还有好几道工序。首先是需要有人挞竹。挞竹就是把砍下来的竹竿挞短挞破，长度一般控制在八十厘米上下。挞好的竹要分别进入石灰池和水池腌沤、漂净，在乡村的阳光和月光里历经四十余天的洗心革面。

腌沤、漂净后的竹捞起来晾干后，需用竹斧砍碎成约一寸长的竹段，然后再在水碓里舂成纤维状。舂熟的竹纤维放到浆池里，用水稀释，再用棍棒搅拌，最后才成为造纸的纸浆。纸浆舀到水槽中，与清水调和，就可以开始用特制的竹帘抄纸了。

抄纸的工序让我们这些外行人大开眼界。师傅把网状的竹帘在水槽里轻轻一荡，一张竹纸的雏形就像变魔法一样出现了。它们被竹帘罩着从水中抄出来，每一页都呈现出竹子的肌理和泥土的颜色，如一瓣瓣来自大地的花瓣，辐辏了天地的玄机。新鲜抄出来的竹纸由师傅提到池边的纸坯堆上一覆，浆膜便整齐地叠在水槽旁边原来的纸坯上。到了约莫一千多张时，再用榨机提起来把多余的水分榨掉。这里头每一个动作师傅都操作得淡定自如，起落娴静，仿佛那已经不是工作，而是怀揣一种对天地万物极大的谦卑去跟传统纯粹地亲近。

我一直相信，世上有一种手工的温度和生活的美学，在高效冰凉的机器和狼奔豕突的时代是无法体现的。生活中或许大家都有过如此经验，当我们甘于慢下节奏去安心做一点手工活的时候，内心也会随着慢时光变得宁静柔软，与世无争。我想，在农耕社会不可避免地走向消亡的时代，民间手工艺大量消失，我们虽一时半日未必会为此付出代价，但长远来看，失去的情怀必将一去不返。世上每一个民族都应该留存有一些带手温的记忆以寄存自己独特的文化，何况传统古朴的况味其实恰恰就体现在这种甘于缓慢的笃定里。

压榨后呈半干湿状态的纸朴，还要经过一个手工松纸的程序才能避免纸页在晾晒后相互粘连。在我采访的作坊里，松纸的师傅据说是村里最有经验的老人，从幼年始跟从长辈学习造纸，如今照片还被张贴在村中的书院里作为典范尊崇。我看到他用一柄特制的木板敲打切拨纸坯，另一只手跟着翻动，纸坯随即顺势一页一页松开，间隙匀称有致，如一朵纸版的黄玫瑰在空气中快速绽放。因为接续了祖辈的技术，工艺又经年累月地重复，师傅做起事来了然于心，技艺特别纯熟麻利，让人啧啧惊叹，连入眼都觉得是一种享受。

边聊天边干活的老师傅一直笑意盈盈，脸上不带一丝倦气，倒是有一种真知其味的从容与喜悦挂于眉宇。遗憾的是，他告诉我，时代不同了，现在村子里头的年轻人更愿意外出打工，因为外出工作不管做什么，随随便便月收入就是好几千甚至上万块钱。相比之下，手工作坊的造纸活烦琐、重复、费力，所以年轻人都不太愿意来学。村里头造纸的人越来越少，传统的民间工艺也像到了寂寞的暮年，日薄西山，知音难求。这意味着，传统的手工艺不仅在传承上会有难度，更难求有缘的年轻人去为民间工艺的前途思考创新。

松好了的纸张还要露天晾晒一段时间，以彻底风干纸内遗留的水分才能打包装。在邓村，这种晒纸的空地星罗棋布，随处可见，于无声无息处自成一泊纸的江湖。我很喜欢这种空间的留白为视觉上带来的空灵与开阔感，它使老屋和大地之间保留了古老乡村的高低起伏和错落有致，而不是寸金尺土鳞次栉比的火柴盒式的新式农村面貌；它使月光和童话都有了落脚的地方，让时间在乡村每一秒的停顿都显得更情意绵长，正好稀释我心底未央的感伤。我情不自禁地像膜拜一样俯下身去，抚摸那些古朴温厚的竹纸，看着它们一叠又一叠向远方延伸，恍如纸版的波浪铺出一地古典的阴凉，把无尽的诗意推向无垠的大地。

邓村生产的竹纸多作国内及东南亚地区佛教传统祭奠所需的元宝纸之用，所以外观忠厚朴实、璞玉浑金，别具大地自然本色，最显乡村内慧品格。在它们的身上，所有的一切都源于自然，素材、肌理、温度、纹路、颜色，自然天成，不可方物。在它们的身后，绥江的河水与乡村的稻田纵横交错，大地静默如谜，竹林清峻自持。我仿佛看到纸页上每一个纹路的走向都与这一切有着某种不能割舍的关系，让人隐隐感觉到连耳边轻轻拂过的风，都蕴含了大量的自然密码。它们一起构成一个整体，相互独立也彼此相连，那种千丝万缕的关联让我好奇却无力破解。

民间文化的传承离不开一方水土对传统古老事物的坚守和自信。邓村就是这样一泊典型的南方乡村，这里除了起伏的草木和茁壮的竹林，还有着许多热爱传统和热爱乡村的人所喜欢的事物：溪流、老屋、鱼塘、田野、水牛、柴火……它们松散地混合一起，古旧甚至老得掉渣，却让人置身其中之时会莫名地产生一种安心的归属感。那既不是激情也不是兴奋，而是仿佛自己也于安静中融为古旧的一部分，在不动声色处与传统时光自然联结，浑然一体，天人合一。

绥江水暖，暖了岸上的千家万户，也暖了民间手工的千手温情。时光易逝，容颜易老，唯他们对手工传统的谦卑和虔诚不老，使敲打竹浆的声音可以在这片大地上经久不息地颤动，连绵回响。天地亘古，岁月流金，手工的温情就是人文的温情、大地的温情、岁月的温情。只要传承的温情犹在，工艺就会永远在民间活着，传统也不会消亡。

在离开邓村的路上，因为倦了，我一上车便倒头酣睡，摇摇入梦。梦里那头正值掌灯时分，蒙眬中我隐隐约约见到祖母在月光下摇着蒲扇，一扇一扇，摇出满地银色的清辉。那里的故乡大地万籁俱寂，偃音息声，我仿佛又听到竹笋们在雨后拔节，拱得泥土嘎吱嘎吱声声作响。那些尖尖的笋牙个个蓬勃向上，争着破土而出，身上除了挂着宝石般的露珠，还挂着一泊绿色的美意，笼罩着整个世界。

2015 年 6 月

榅桲考

　　我有一个习惯，每到一个新地方去旅行，都要到当地的农贸市场去走一走，了解一些地方风物，满足自己的好奇心。如果碰到有我不认识的水果，还会郑重其事地把名字记下来或拍照存念，或者买来品尝一番。有点像交新朋友，先握个手，混个眼熟，再慢慢去了解它们的籍贯、背景、喜好和性情，以便下次有人不认识的时候，自己也能装模作样介绍一下。

　　从亚洲到欧洲，再向北美和中美延伸，在过去十几二十年的时光里，我有幸去了不少地方，自然也就品尝过不少新奇之物。渐渐发现，这种习惯竟也在不经觉中使我认识了水果界的很多新朋友，懂得万物花开，各见性情，同样，万物结果，也是各有滋味。

　　每年10月前后，欧洲有榅桲上市。来欧洲生活以前，我并不认识它，所以初见时感觉当然是别样的惊讶。成熟的榅桲果呈明黄色，表皮有一种绒布的质感，长得跟苹果和梨都相似，像是两者的混合体，有"木梨"的别称。由于水分极少，属于耐放型的水果，能一直卖到次年的春天。

榅桲树是古老而珍稀的树种，我从书里读到过，它原产于伊朗和土耳其，后传入中国，集中在西北干燥地区种植，以新疆为主。至于进入中国的具体年代，书中并没有交代，估计是踩着一串清脆硬瘦的驼铃声而来。后来偶然翻读古籍，读到北宋孟元老在《东京梦华录》中介绍中秋时令时写道："是时螯蟹新出，石榴、榅勃、梨、枣、栗、李蓇、弄色帐桔，皆新上市……"从时间上去推论，断定孟元老说的"榅勃"和我所说的"榅桲"是同一种果子。

中国民间有过关于榅桲的谬误。我从梁实秋的《雅舍谈吃》的《馋》里头曾读到过这样一段："我有一位亲戚，属汉军旗，又穷又馋……他的儿子下班回家，顺路市得四只鸭梨，以一只奉其父。父得梨，大喜，当即啃了半只，随后就披衣戴帽，拿着一只小碗，冲出门外，在风雪交加中不见了人影……越一小时，老头子托着小碗回来了，原来他是要吃榅桲拌梨丝！从前酒席，一上来就是四干、四鲜、四蜜饯，榅桲、鸭梨是现成的，饭后一盘榅桲拌梨丝别有风味（没有鸭梨的时候白菜心也能代替）。这老头子吃剩半个梨，突然想起此味，乃不惜于风雪之中奔走一小时。"还有老舍在《四世同堂》里关于榅桲的描写。从乱坟岗子逃命般赶回家的冠晓荷，回城后只想吃一点好吃的安抚一下受惊的身体，他买的吃食里，有两罐子榅桲，一些焙杏仁儿。

这两段话里头的榅桲，根据老北京们的描述，实则是一款蜜饯，从满语而来，材料为一种单核儿的山楂，比一般的山楂个儿小，特别解馋和解油腻。由于在满语里，"酸酸甜甜"的发音是"温普"或者"温朴"，故此就跟汉语古籍里头的榅桲相混淆了。

国内的朋友几乎没几个人认识真正的榅桲，据说只有在大西北和新疆地区尚有种植。我不知道真假，不过东南亚地区还有一种叫"太平洋榅桲"的水果，口感如青芒果，又叫南洋橄榄。只是，太平洋榅桲又是完全不同于榅桲的另一种水果，泰国和越南等地的市场上常有出售，当地人喜欢撒上酸梅粉吃，很有东南亚风味。我想想下巴都会发酸，这个留着以后再说。

以我有限的眼界去评价，在植物界，论树形、树叶、花朵和果实都同样出类拔萃的，榅桲可占上一席。榅桲树枝叶扶疏，叶片为厚实的深绿色，呈鹅蛋形或长圆形，形态极美。榅桲树大概每年4月到5月开花，花朵端丽，色如朝霞，与野果子桃金娘的花朵尤为相似。

花落结果的榅桲，果子最先呈青色，慢慢再由青绿转向明黄。果实熟透之时，在阳光的照射下，金光灿灿，让人禁不住就会联想到关于它的许多故事。了解希腊神话的朋友一定记得当中常有关于"金苹果"的描述。其实那里头说的金苹果，就是榅桲。甚至有研究推测，夏娃生活的伊甸园位于榅桲的产地高加索区域，所以诱惑夏娃的禁果极有可能就是榅桲。

遗憾的是，外表极美的榅桲，肉质却是无法恭维，厚硬而粗，毫无汁液，像我这种从小在岭南佳果滋润下长大的人，是有点不屑的。我婆婆家所属村子的一位瑞士农人就种有一株榅桲，有一年我们在树下聊天，他自己就曾指着树上的榅桲跟我说，这些家伙生吃时，口感是又酸又涩。

"既然不怎么好吃，那何苦还留着它们呢？"我不假思索便冲口而出，向农人提问。

"一定要是很好吃的东西才能留下来吗？"农人竟转过头来这样回答我，让我一时语塞。

说的也是。那天夜里，我刚好在微信里读到一篇帖子，是旧时中国南方乡间野果子的一个汇总。让人感慨的是，细读之下竟发现它们当中的大部分，不知道从什么时候起已经从我们的生活中一一退了场，以至现在的小朋友甚至是年轻人都不再认识了，十分可惜，更不利于生物多样性的延续和保护。

生吃不怎么好吃的榅桲却有一种特殊的芬芳，而且果胶含量很高，适宜加糖做成果泥或者果酱。我曾经陪我的婆婆煮过榅桲果酱，那种香甜之气馥郁，像热恋时的爱情。南欧有一种用榅桲做的零食，是以榅桲和糖一起慢慢熬制而成，成品接近山楂糕的样子，我在一些酒店的自助早餐上偶有见到。过去自酿酒还不需要申请牌照时，不少种有榅桲的瑞士农人到了冬天都会自己烧榅桲酒，有些人独爱榅桲酒特殊的酒香。

婆婆村子里头还有一种生僻的水果不适合鲜吃，叫欧楂，就是西洋山楂。它是落叶乔木，属于苹果的亲戚。刚刚成熟时的欧楂如石头般硬，所以不适合马上食用，要放到柔软似腐烂时方能入口，味道跟北京冰糖葫芦的山楂颇为相似，是一种真正化腐朽为神奇的奇特之物。在欧洲贫朴的年代，欧楂是为数不多的能在冬天吃得上的鲜物，有点给人赖以充饥的意味。村里面的这株欧楂年纪倒是不大，就种植在村中民俗博物馆的院子里。虽然在物流发达的今天已经不再有人馋它们了，但欧楂树却依旧花开花落，丰熟穰穰，在静美的乡村里守着四季的往复。亲手摘种这株欧楂的瑞士老人亲口告诉我，他希望村里的人会记得那些艰难的苦日子。

扯远了。回到榅桲上我忽然想起，过去我在研究中国香道史的时候，曾经读到过一种用榅桲制作的古方名香，叫笑梅香，就曾学着做，以四时之鲜为自己图个清雅之趣。它的具体做法是：用小刀切下榅桲顶子，从截面下刀挖出内核，然后将沉香和檀香的细末填到果实的空腔里。填好香末以后，再把截切下的顶子重新扣回果实上头，用麻缕纵横缠缚。然后以生面团在榀桲外裹上厚厚的一层。我把裹上面团的榀桲果埋入烧至尾声的炉灰之内，等慢火把它煨透成黄熟后，就除去榀桲表层的面团。烤过的榀桲果加以研磨，果肉与其内的香末融为一体，就成了气息独特的香膏。

　　事后有朋友调侃我说，诗情画意多的人肯定是闲工夫太多。这话把我说得有点不好意思，一时不知道该如何回话。但偏偏我就喜欢干这样无聊的事，喜欢从一个榀桲的温度去发现异族的生活美学，也一并拾取我们古人的雅趣，把这好与不好的日子都过成是滚烫的。

2016 年 6 月

蛙声善引

我对乡村的迷恋，是从儿时的一片蛙声中启蒙的。

那时候，在珠水岸上的故乡，每年到了春夏季节，天空日光渐长，大地禾苗拔节。蛰伏了一冬的青蛙再也憋不住了。清清水塘边，潺潺溪流里，蛙声盈盈满耳，一浪接着一浪，以温柔的弧度在清明和立冬之间的时间线上延伸，起伏。

在那些渐渐暖和的日子里，每逢灯下读书犯困，我就喜欢散漫冲和地捧着一杯清茶，到顶楼的天台上去静养。在乡村轻细的和风里，静看远处的一山深绿，聆听近处的一池蛙鼓。

那些晚上，那些光阴，蛙声扣着池塘，荷花扣着蓝夜。朗月清辉下，我的心总是一片空旷。

与城市相比，乡村的夜处处显得清澈而美好，连再小的物事都像是被滤过似的，有着自己独特到无可复制的明净。

浅池的风荷，夏虫的絮语，瓦上的猫步。听觉之内，每一道细碎的声响都是轮廓清晰，与世无争。

尤其到了月色雪白的夏夜，走在田间的阡陌上，脚步未及，青蛙扑通扑通的跃水声就会在大地上掷起浪花。那种声音清脆、悦耳、蓬勃，还充满喜感，如暗夜闪动的烁烁星光，最能衬托乡村夜色的温柔。

过去，农家的床榻都铺有清爽的竹篾凉席，陪伴着乡村简朴的烟火日月。我记得儿时自己用过的那一张床，估计年岁比我还长。经年的使用，席面上已经滋养出一泊老旧的褐色来，贴着皮肤时，凉飕飕般润。我至今仍会在不经意间蓦然念想起那种感觉，念想起在那些流星纵横的夜空下，聆听着父亲讲述民间故事的每一寸时光。

那些灯火温馨的乡村之夜，内容平实，意味深长。墙角的壁虎，闪烁的流萤，还有那一把父亲讲故事时举着停顿在半空的蒲扇，现在回想起来，清简的时光，每一句土语，都蕴藏着乡村独有的诗意。那时候，蛙声也来赶热闹，从水面骤然升腾而起，铺满月夜，铺满乡村，铺满我一夜的好梦。

蛙声也是童年生活向大地的一种延伸。

儿时，村里的田间地头是我常去玩耍的地方。那里布满了一汪一汪的洼地和水塘。深深浅浅的碧水间，生长着许多让我至今仍叫不出名字的野花杂草。到了春夏时节，万物竞相生长，水塘边上草木葳蕤，牵起一片盛大的蛙声，能盖住乡村所有的声响。

看起来莽拙敦厚的青蛙其实慧黠机灵，身手敏捷。它们有绿润的背色，且身上柔滑的皮肤具有异于其他动物的喝水功能。青蛙伏在湿地、小溪、洼地或者稻田时，见到小昆虫，能迅速伸出柔韧的长舌头，在瞬间内将它们整个吞食下去。

所以青蛙也是庄稼的保护神，农人的好帮手。与自然融为一体的乡村生活使我从小就懂得，青蛙不仅吃蚊子和苍蝇，也吃蛾子和稻飞虱等等害虫。我记得村里头一位年轻的女老师曾经特意告诉过我：一只青蛙一天能吃上百只害虫，所以一年计算下来，就能吃掉好几万只害虫。

难怪蛙声也是农人耕作和收获的一个重要指标。后来少年时我学诵古诗，碰到辛弃疾有句"稻花香里说丰年，听取蛙声一片"，我就恍然。原来蛙声也是丰年的迹象。蛙声里也藏着自然的秩序啊。

属于两栖动物无尾目的青蛙是生物从水中走上陆地的第一阶段。说到进化，要比其他两栖纲生物都先进。只是，依然保留着繁殖期不离水的特点。所以藏满蛙鸣的水池里，到了春天的繁殖期，也藏满了一撮撮的小蝌蚪，如一把把撒落在乡间碧水里的木瓜籽。

对于乡村长大的孩子，自蝌蚪启程的蛙版生命蜕变，纯然是一场百看不厌的自然电影，永远充满了魔幻般的诱惑。那时我和几个村里的孩子，最爱就是趴在溪边临水观看那些蝌蚪宝宝，往往，一蹲就是半天的时光。

溪水倒映着我们稚气的小脸。乌黑的瞳孔里，有青蛙的童年，也有我们自己的童年。

不过，我却是成年后到了瑞士生活才听说到，青蛙也天生具有一种方向感，善于回到自己出生的地方产卵。

在这个自然资源贫乏但人人具有环保意识的世界花园之国里，很多住家的庭院除了养殖花草，供应鸟食，还特意开辟有一方小小的水塘，养殖水生植物，以求平衡生态，让两栖动物有更多落脚和繁衍的地方。

尤其是在瑞士东部的圣加伦地区，这里的气候特点最适宜两栖动物的生长。自然，也包括那些濒临灭绝的种类。到了每年春暖花开动物产卵的时节，大量的青蛙和其他两栖动物就会离开它们藏身的冬眠之地，穿梭在这里纵横交错的道路上，返回到有水的地方去产卵。

蛙类的产卵量大，据说一只雌蛙一年就能产卵四五千个。为了让从冬眠中苏醒的青蛙安全抵达交配和产卵的地方，圣加仑的一些地区每年都会实施限速驾驶政策，或者干脆在白天禁行车辆。我曾经见过那些限速驾驶的警示牌，那上面画有一只大青蛙，且用数字标注有限速30公里的指示。

天大地大，万物有灵。每次想到人类对小生命致以如此敬畏之情，都会让我眼眶一热，无法掩藏内心的感动。这也让我想起在古老的德国，青蛙还被看作是气候检测员的传统。

据说，过去德国人喜欢把青蛙和一把小梯子放进玻璃瓶里，依靠青蛙是否会爬上梯子来推测天气的变化。

在面对一个小小的生命时，如此卑微之心，如此敬畏之情，我的母亲同样有。我尚年幼时，那时候母亲教我挑选番石榴，看到有被小鸟啄食过的，就会让我留起来。她的道理是，鸟儿的鼻子比人厉害，所以只有那些长得好而且香味最芳馥的果子，它们才会赏面啄上几口。

我听后憬然，原来小鸟也是人师啊！

保护好青蛙和两栖动物的产卵和繁殖，我后来慢慢也知道，它属于瑞士公益环保的一部分。在这里，爱护动物的环保教育不仅以各种方式浸透于国民的日常生活中，而且还以一种举足轻重的姿态出现。

譬如这些护蛙的公益告示，我就曾经不止一次在瑞士的国家门户网站上见到过，在国家的交通网站上见到过，在自然保护基金会的网站上见到过，在各种级别的纸媒上见到过。甚至，在圣加伦的地区网站和公民自己的个人博客上也见到过。这让我不禁感喟，在这个容得下各种现代科学创造奇迹的国度里，也容得下一声小小的蛙鸣。

除了限速驾驶的措施，在圣加伦另外一些马路的两端，甚至会加装上临时的防护栏，防止青蛙过马路时被过路的汽车不幸碾压。在一段两至三周的蛙类产卵高峰期里，当地的爱护动物志愿者会不厌其烦地沿着防护栏，把欲过马路的青蛙从马路的一边双手捧起来，再亲手送去马路的另一边放下去。

我曾经看过一组官方的统计数字，阐述圣加仑地区每年计有 70 万只两栖动物，会从这种人手手工输送的方法中获益，安全横穿了马路而且最终抵达它们要产卵的地方。

那是人与动物的世界里，我今生见到过最温馨的横渡。

可见世外桃源般的国度并非天然便能生就。蛙声善引，它也能渡人于慈悲，渡人于福报，让我们与自然世界形成一种强大的良性能量循环。让我们怀揣一颗敬畏之心活在世上，使一瓣掌心也如一亩大地，能种出一片蛙声。

今年夏天，我曾回到岭南珠水的故乡打理新房子，每天都在一片拔地而起的城镇高楼中往复奔波，同时，也在一帘旧梦般的记忆里，思索与寻找。某日，与一位村里相熟的乡人用微信对话，隐约间竟听到从对方手机上传来了一片热闹的蛙鼓，如盛夏里的一场急雨。闻声后我顾不得讨论正事，急忙追问对方所站立的位置。

得到信息后，我赶紧骑着单车从家里冲了出去，如赶赴一场盛大的约会，在故乡将逝未逝的最后一排瓦屋的水塘边，在一片鼎沸的蛙声里，按下了手机的录音键。

青山依旧，时光不老。蛙鼓声声，如遇故人。

2016 年 5 月

第 四 辑

另一个温暖人心的世界

即便这里不是自己出生的故乡，和一片土地延绵了二十年的缘分，这里的一草一木都已成了我心头的牵挂；即便有过各种磨合与疼痛，如今看来，这些疼痛都不过是拓展生命广度和宽度的基石，让我在融入彼邦的路上，得以翻山越岭去与另一个温暖人心的世界相遇。也许，世上许多差异其实都能相互安好，彼此成就，只要我们常怀美好的愿景和情怀。理解，包容，善良，感恩。

欧洲人的板蓝根

　　每年五、六月的春夏之交是欧洲接骨木开花的时节。

　　幽深的树林里，野外的小路上，接骨木树像是从春天的梦里忽地苏醒过来，一夜间就开出满枝的白花，在阳光下挺着无瑕的洁白，能顿时让浮华鼎世里的所有脂粉都黯然失色。

　　接骨木树的单个花骨朵只有半颗豆粒般大小，轻轻浅浅，小家碧玉一般。当上百个细细碎碎的花骨朵拥抱在一个枝头，又呈现出浅碗状的半个大花球，极有层次。花苞摇曳在风里，幽潜的芬芳弥漫开来，空气中会暗涌出一股麝香葡萄的芬芳，有一种初夏的甜蜜，教人莫名心动。

　　我知道白色的花为求授粉，不同于其他色彩鲜艳的花，一般只能靠香气来吸引蜜蜂蝴蝶，因此白色花系的香味通常都格外清冽悠远。春末踏春的日子，每次经过接骨木树，我都特别喜欢在花树下驻足，闻闻花香，再看看蜜蜂蝴蝶如何在它们的周围徘徊，进入它们的身体。

那些一朵一朵的接骨木花常常会让我深深触动，它们从来不用让人乍见喜悦的美貌去邀约，而是用安安静静的生命气场去等候知音。

阿尔卑斯山下的生活简单而纯粹，人们平日就有步行的习惯。有时候在春天的月夜里，从一个镇到另一个镇，我抄树林的小路走，经过牧场的草地，远远看到牛群在紫蓝的夜色中扎堆晒月光，看到它们身后明亮的接骨木花像一把倾斜着坠落人间的星星，就会顿时感觉抽离了尘世。唯有花月影，何似在人间。在欧洲，人们自古就赋予接骨木一股驱邪避凶的神秘特质，我们小区公园的园丁就曾经跟我们说过，如果在房子外面种植一株接骨木，它还能给房子里的人带来好运，防止病魔与恶灵缠身。我女儿听后恍然大悟：难怪哈利·波特的魔杖是用接骨木制作的呀。

小时候读安徒生童话，从中了解到很多欧洲的生活。那时候从没亲眼见到过接骨木，倒是先从故事里读到过接骨木花，知道它会散发甜蜜芬芳的香气，能泡出让人暖心的香茶。后来到了欧洲生活，知道这里有俗语是这样形容接骨木的：从皮到叶，由花到果，样样有益，样样治病。接骨木花的糖浆可以治头痛、伤风、感冒、咳嗽，而且口感清醇，小孩子特别喜欢，是欧洲人的万能宝药。这让我想起中国的菘蓝。很多人不认识菘蓝。但是它的根却是妇孺皆知的，叫板蓝根。

接骨木治病就如中国的板蓝根一样温和厚道，老少皆宜。所以，我也就暗暗称它为欧洲人的板蓝根。

欧洲的生活传统里有做糖浆的习惯，有点像中国人做秋梨膏，是他们因地制宜储存食物的一种方式。草莓、薄荷、黑莓、橘子、黄杏等等水果花草都是欧洲人煮制糖浆的首选材料，它们各有风味，也各有特色。

每年接骨木花竞相开放的季节，这里的家庭妇女就会行动起来，钻入树林里去采花。艳丽的纯棉方巾裹着盘起的头发，手臂上挎个藤编的小篮子，里面装一把园艺小剪刀。这就是欧洲传统家庭妇女劳动时的一个生活剪影，古风盎然，如童话再现。

在这些日子里，我的瑞士婆婆也喜欢带上两个小孙女一道去采花。她们会耗上一个上午悠闲地待在树林里，然后把采回来的接骨木花趁着新鲜煮制糖浆，或者裹上鸡蛋面糊炸来白嘴吃，很像中国北方人的炸槐花。

婆婆用的盛接骨木花的瓷盆是一个欧洲的蓝白瓷盆，那是她的奶奶收藏下来的老瓷器，绘有欧洲的乡村风光，满是典雅古老的味道。我特别喜欢看着她一朵一朵把花儿放进去时的情景，她的慢动作里会不经意释放出在岁月静好的时光里一种世代相传的温情。

烧好的开水覆盖过瓷盆里的接骨木花，用布盖上，在凉爽的地方闷上一天一夜，花的芬芳和营养就会溶解在水里。

第二天，把溶液轻轻滤出来，加上白糖烧成糖浆再装入瓶中，就可以存到地窖里去了。

看婆婆做接骨木花糖浆是一种至高的享受。我喜欢感受香气在她的指间轻柔荡漾缠绕时的感觉，那里有一种岁月的质感，无比美好。每一次，婆婆都会边做边说起她儿时跟她奶奶做糖浆时的一些往事，说起二战前后瑞士物资紧张时的日常生活。那些琐碎的回忆里有温馨，有惆怅，有仓皇，一如那些碎碎的花骨朵，已经深深地镶入她的生命里。

那些弥漫着花香的时光总是特别安详而恬静，静到仿佛能凝固起来。花香度年华，岁月恒久远。我知道这些手工的温度会拌着浓厚的亲情一直凝固在我女儿童年的记忆里，挥之不去。将来一天，当她也白了头发，做了别人的奶奶，我敢打赌，她也定会手把手教自己的孙女做接骨木花糖浆，也会想起自己的奶奶。

经过糖煮的接骨木花糖浆有一种馥郁的口感，是花香在味觉上的一种延伸。把做好的糖浆存放在地窖里保鲜，只要瓶子不漏气，一般几年都不会变质。每年春夏时节做上好几大瓶儿，需要的时候就去取一点兑凉水喝着玩，足够一家人整个夏天的消暑。进入秋冬季节，要是时不时喝上一杯，还能预防伤风感冒。

偶尔，在不经意的时候，那种清甜的口感会把我一把卷进一种巨大的伤感中，会骤然想起幼年时奶奶用故乡的井水为我兑的那一口荔枝蜜，会突然红了眼睛。

我一怔，原来甜味也是会让人流泪的味道啊。

2015 年 2 月

淡处见真味的黄金土豆饼

　　去年暮秋，有昔日好友来瑞士出差，我便作陪，一尽地
主之谊。适逢朋友到达的当日晚上，邻近乡村有露天音乐会，
我便带友人随我入乡随俗，去亲身体会一下闲散的瑞士生活。

　　步行去音乐会的小径把我们一路从城市带入了远离喧嚣
的山间乡野。其时正是麦子秋收过后的农闲时分，四周都有
新鲜垒起的草垛，黄澄澄地散落在田野上，风轻轻一吹，幽
微的麦秆清香依稀可闻。秋意正当时，大地苍翠不再，落叶
萧萧，满地的斑斓，在渐晚渐深的霞光中晕染出另一番美景，
十分诗意。朋友属事业有成之士，平日百忙缠身，出门多是
以车代步，跟随我在乡间这样一走，远看天地辽阔，近闻土
壤之馨，再说起尘世间各种烦恼俗事来，自然就开朗许多。

　　露天音乐会的场地上摆放了十几张长桌子，给前来的听
众随意闲坐。桌子是原木色，一种瑞士人搞派对时特别爱用

的大长桌，干净简洁，收叠灵活，别具乡村内慧风格。配上同等长度的木凳，轻轻松松就能容纳好多人。露天场地的中央有个圆弧形的中心舞台，那里就是音乐家演出的地方。舞台背后有几家流动的热食档，炊烟袅袅，人意闲闲。

耐不住果腹的渴望，我和朋友也循着香气上前探看。流动食档上有瑞士最常见的几种热食出售，有炸薯条、摊薄饼、香煎黄金土豆饼，还有现烤小牛肉肠。现做现卖，卖相诱人。我和朋友各要了一份黄金土豆饼和小牛肉肠。瑞士的小牛肉肠为乳白色，据说在制作过程中有添加牛奶，是一种来自东部的特色肉食，趁热吃时，肉香浓烈扑鼻，肉质软嫩可口，尝过后会让人念念不忘。

跟烤香肠搭配的黄金土豆饼我就更熟悉了。它是瑞士的一道特色菜，以土豆为原料，简单、纯粹，既可当配菜，也可当主食。据瑞士人自己说，黄金土豆饼最早发源于瑞士德语区的苏黎世，属于这个小小山国的一道传统农家美食，当然，如今也普及到了全国的其他语区。几年前，因为做田野笔记，我曾不时去走访一些瑞士农家，见到普通家庭做黄金土豆饼的一般步骤是：将土豆去皮后擦成粗丝，然后倒入放了黄油的煎锅里，再慢慢煎成饼状。

吃黄金土豆饼最好趁热，刚刚煎好的时候，外焦里嫩，特别香脆，如果挑个头大淀粉含量高的土豆做，会更加香糯可口。我们街区肉店的掌柜曾经告诉我，他们家做黄金土豆饼的秘方是放猪油。可见要做出好吃的土豆饼，最好选用动物的油脂。在瑞士的首都伯尔尼地区，那里的黄金土豆饼会添加适量的奶酪、洋葱和培根。

看我对一盘土豆饼如此饶有兴致，朋友有些纳闷不解：一位曾经成长于美食之都的旧友，在出国将近二十年后竟对一盘土豆饼如此津津乐道？空气里有音乐在流淌，我们头顶星光，在山国之夜的秋风里，慢慢谈论着别后的生活。偶尔，也会静静地听着歌者在台上清唱，那声音沙哑、悠远，分明像在回忆一些远年的旧事。

多年前，我采访一户瑞士农家时，一位年近百岁的老农告诉我，二战期间，政治中立的瑞士需要完全依靠本国农民所种的作物来解决整个国家的温饱问题。那时候，除了种植小麦，为防饥荒之灾，每家农户的菜地、每所学校的花园都种上了土豆。咫尺之外，烽火连天。人们既要珍惜桌子上的每一粒面包屑、每一个土豆，又要变着戏法吃出花样，所以，一盘用黄油煎成的土豆饼，在时局不靖之年，也是一份奢望，一种幸福的见证。

土豆最能给人以饱腹感，是欧洲历史上贫朴岁月的一个重要标志。凡·高有一幅让人过目不忘的名作，叫《食薯者》，画的是一百多年前故乡荷兰纽南的一户农家。农人生活清苦，种的是土豆，挖的是土豆，吃的也是土豆，当画面上油灯微黄的光线穿透蓬户时，也是穿透了欧洲餐桌上一段历史。不难想象，农人手上的土豆就是他们生活的全部内容。

今天，瑞士已经从一个曾经的穷乡僻壤慢慢变成了一个富强之国。但是，在现世安稳的和平岁月，危机感却始终深植在人民的意识里。资贫地少的劣势让瑞士人从潜意识里就深刻地认识到资源与节制之间的关系，而建立起"食用我有""食用近处"和"食用当季"的饮食信念，过有所节制的日常生活，为欲望留白。当下，地球的环境资源问题已经让人类发出自我拷问的声音。在能源贫瘠的古巴采风时，我曾经深刻地认识到饮食结构和能源消耗与地球环境之间的关系，所以，我从来不艳羡那些会无限扩张生活欲望的人，对那些为着口腹之欲而把罪恶之手无度伸向自然界濒危物种的人更是深感厌恶。

瑞士地处北温带，冬季严寒且漫长，物产非常有限。土豆作为一种寻常的食材，好处极多，大美隐内，淡处见真味。自然，要把土豆做到百吃不厌，也要有厨艺上的真本事。今天的瑞士，黄金土豆饼已经不再仅仅是平民百姓餐桌上的家常菜，更是一道国菜，能见出一方水土的历史与风土人情。不少瑞士的农人依旧沿袭旧传统，保持着在早上食用黄金土豆饼，再配以一个煎鸡蛋的习惯，这能很好地保证足够的能量供给。在这里，人们抱着珍惜天地万物的恭谨之心去生活，把最朴素的食材烹出人间至味。

回家的路上，我和友人一边悠闲步行，一边坦露心扉。

阿尔卑斯山下的夜，山风清凉，秋月无边，那种岁月静好的感觉很美，把我们的叙旧渲染得好比一场世外的久别重逢。临别，我在皎皎月色下打开一本新近出版的文学合集，在有我撰文的一页上恭敬地签名留言，赠送友人，夹上祝福，也夹上当晚洒满纸页的清辉。

三个月后，友人早已恢复他惯常的社交节奏，为各种应酬而忙碌，一如以往，难免日日酒楼会所，山珍海味。让我意想不到的是，某天意外地收到他夜半酒醒时发来的留言，发自内心地说，有时候，像逃难似的，他也会在不经意间特别怀念阿尔卑斯山下那个月色清朗的夜晚，怀念起那一份暖胃暖心的黄金土豆饼，那一场走心的留白。

于是我不禁想，也许，不是瑞士人走得太慢，而是我们走得太快。

2015 年 8 月

瑞典烤手风琴马铃薯

　　我对瑞典菜的了解，也许跟不少人一样，都是从宜家餐厅的美食之旅开始的。

　　每一次去逛宜家，有一种感觉总是相似，就是时间永远不够用。人一进入广阔如城的宜家门店，这里摸一摸，那里看一看，似乎看到什么都漂亮，看到什么都想买。脚步随美自流连，多少时间都不够用。幸好，走累了，还可以在宜家餐厅养眼养心的环境里头坐下来，品尝一下正宗的瑞典美食。我想世界上暂时还未有第二家企业，能把这种美惠众生的理念在全球范围内推广得如此深入人心，无微不至。宜家在管理上的成功同样惠及了瑞典饮食文化的向外推广，让薯泥肉丸子、热烤三文鱼、公主蛋糕和肉桂面包等具有代表性的瑞典美食也随着他们国家高人一等的设计水平走出了国门，以美食文化大使的角色在世界各地出现，让没有到过瑞典的人也能从舌尖上去尝鼎一脔，洞见瑞典风情。

瑞典很远，远得在欧洲最北部的斯堪的纳维亚半岛上，甚至有超过 15% 的国土伸入了北极圈。那里森林辽阔，人烟稀少，空灵邈远得如世外之域。特殊的地理位置让瑞典全年的一半是温暖，一半是严寒。据我的一位瑞典老师说，这种气候注定了"家"在瑞典人心目中的重要性，由这种重要性所衍生的一种对美好家居不懈的追求直接促使瑞典的家居设计走向了引领世界的高端水平。

说这番话的那一天，瑞典老师正在她马尔默的家中为我亲手做一道瑞典烤手风琴马铃薯。这道菜色简约却不简单，就像瑞典的家居设计一直努力向世界传达的美学观念一样，好看又实在，给我留下了深刻的印象。烤手风琴马铃薯的主要材料是原只的马铃薯。做起来不考人，只需用刀把冲洗干净的马铃薯切成不断底的细片，然后撒点粗盐，抹上牛油，放进烤箱里用 180 摄氏度烤上 50 分钟左右，然后撒上点百里香，就大功告成了。

烤好的马铃薯，薯身因受热而一扇一扇地张开，就如一个个打开的手风琴，极富层次感。黄油的滋润让烤得恰好的马铃薯表皮金光灿灿，这样不仅吃起来外脆里嫩，而且还别有一种风雅。摆在饭桌上，就如摆上了一件艺术品。要是喜欢肉食，也可以随喜夹上鲜肉或者腌肉一起烤，给马铃薯再平添一份咸香。

烤手风琴马铃薯据说是瑞典哈素贝克餐厅（Hasselback）

的首创，所以也叫作哈素贝克马铃薯（Hasselback Potatoes），因为做起来简单，且食材又平民化，所以很快就被瑞典人传播开来。善于灵活变通的人甚至也用这种方法烤红薯。

瑞典人钟爱的这款烤手风琴马铃薯，我也换着不同方法在家尝试过好几次，效果都很不错。当然，最喜欢的还是烤原味的马铃薯。有时候，看着马铃薯那种纯粹的明黄，会让我禁不住想起瑞典家具店里头的原木色家具。马尔蒙的市中心，沿路都是大大小小的家具店或者家居装饰店，琳琅满目，十分怡人。不过，我最喜欢的还是瑞典人钟爱的原木质感家具。那种单纯的本色，能透出丰富的内涵。就像看到瑞典人的个性本质，那样纯粹，那样美好。

我以前从来没有想到过，质朴的马铃薯来到瑞典，竟然也可以这样华丽丽地转身。可见，只要用心，多花一点心思，生活就可以与众不同。

这让我想起了宜家的口号：形式、功能与价宜。已故设计理论大师维克多·帕帕奈克（Vicotr Papanek）曾经说过："无论从生态角度、社会角度还是文化角度看，宜家都将繁荣下去。因为它们是好看的、好用的，并且是大家买得起的。"吃过瑞典人给我做的烤手风琴马铃薯后，我就不禁引申，瑞典烤手风琴马铃薯也是一样，将会大受欢迎，因为它是好看的又是好吃的，而且是大家都能做的。

2015 年 8 月

丹麦梦工厂

　　有人说欧洲好比一个让儿童做梦的工厂。如果是的话，那么我觉得，丹麦一定是这个梦工厂的中心。

　　世界上知道迪士尼乐园的人不少，但是我却对丹麦的迪高乐园和趣伏里公园情有独钟。早年孩子还年幼时，我就喜欢时不时带她们前来丹麦小住，游走，做梦。在我看来，迪高乐园和趣伏里公园拥有真正适合孩子们玩的游戏，能透视出丹麦人一种务实的民族个性。近年一次来访丹麦，是去年独自前来哥本哈根悠闲访友，顺便借他们文化国父安徒生先生一颗能滤浊的童心，再一次感受丹麦的人文情怀。

　　从诗歌、剧本到小说和童话，安徒生创作过无数优秀的文学作品，一生有过半的时间都在纸上为后世耕耘一个美好的精神世界，是让丹麦人倍感自豪的一位本土文学巨匠。然而让你意想不到的是，他生平饱受贫寒和孤独的折磨，那么优秀那么卓越，在当时的环境下却难以找到一个支撑个人自信的坐标。

在飞往斯堪的纳维亚的旅途中，我在机上重新翻阅了一遍随身携带的《安徒生童话选》。书的扉页上有我多年前的一段读书笔记，这样写着：安徒生年轻时是个孤儿，父母双亡。而他深爱的里波儿姑娘又拒绝了他的爱情，最终选择另嫁他人。安徒生为此郁郁不欢，痛苦万分。他把爱埋在心底，从此专注于童话创作和收集，终身未娶……

带着尚未从安徒生的世界里剥离的惆怅，飞机终于在哥本哈根机场的晚霞中徐徐着陆。朋友一接到我，就开车直奔一早预订好的海鲜餐厅。因为此前曾几度游走丹麦，我其实已经尝过好几种丹麦的特色菜，比如最地道的丹麦黑麦面包薄片开放式三明治和脆皮烤猪肉。不上餐厅的时候，我也喜欢在丹麦出售外卖的小摊档买一份热腾腾的美食，比如叫上一份鲜味十足的鱼丸和丹麦风味的炸鱼和薯条，然后找个长椅舒心地坐下来，尽情感受四周往复的人群和丹麦自由自在的气氛，也是一种怡然自得的享受。

丹麦的饮食尤以优质的猪肉和海鲜著称。我认真总结过，除了讲求食材口感上的香脆和原汁原味，丹麦菜还善用各种微酸偏甜的小酱汁调味。在视觉上，对色彩的追求让丹麦人的烹饪方法都尽可能保留了食材的鲜艳度，给人一场又一场视觉上的盛宴。但丹麦的烹饪却没有法国菜那样华丽，相比之下，他们崇尚简单的制作方法，尽可能保留食材自身的鲜美。

除了就地取材进行各种各样蔬菜混搭，丹麦人还善于在他们的饮食中添加各种本土的浆果，或者用浆果做成的酱汁，将丹麦的气候、地理和植被特点融进他们的日常饮食料理中，是一种名副其实的小清新。这种饮食艺术体现了丹麦人在视觉艺术上的整体水平。新鲜的食材在设计感极强且环境雅静的餐厅里，让干净清爽的白色的瓷盘子一映衬，就会呈现出一种格外舒心自然的感觉，一如置身于北欧长满蘑菇和野果的森林当中。

不过，丹麦三面环海，说到美食，最不能错过的当然还是各种新鲜的海鲜菜肴。丹麦是欧盟最大的渔业国，值得推荐食用的海产非常丰富，常见的有鳕鱼、比目鱼、鲭鱼、鳗鱼和毛虾等等。朋友为我点了一份水煮鳕鱼做主菜，里面除了有一整块儿的鳕鱼鱼块，还有原只的煮土豆、水煮红萝卜段和酸黄瓜片做配菜。在丹麦，水煮鳕鱼既是餐厅的经典招牌菜，也是平常人家的家常菜。

鳕鱼肉质细嫩，味道鲜美，而且营养丰富，还少刺，不欺负人。朋友常年住在丹麦，她常常专程开车到附近的港口，从渔人手上购买当日新鲜上岸的海鲜，对丹麦的海鲜品种比较了解。她告诉我，鳕鱼是个大家族，中国食用的鳕鱼叫作太平洋鳕鱼，黄海、渤海有出产；但是一般超市中出售的冷冻鳕鱼却是阿拉斯加鳕鱼，就是连锁快餐店做鱼汉堡时常用到的鳕鱼品种；而丹麦人吃的鳕鱼产于丹麦附近海域以及格陵兰岛和冰岛附近的北大西洋海域，是欧洲市场食用的鳕鱼。在欧洲过去一百年的渔业史上，冰岛和英国之间就曾经因为这小小的鳕鱼三度狼烟四起。

我曾经参观过哥本哈根市东北部的丹麦设计博物馆，在那里的书店买过一张丹麦的鱼类汇总海报，上面就有这种大西洋鳕鱼的手绘图。据说，这种鱼平日总是张着嘴在水里洄游，只要见到会动的东西就会吞下去，因此食量特别大，长得也快，而且繁殖力也强，一条体长 1 米左右的雌鱼一次可产 300 万到 400 万粒卵，加上结群的生活习性和捕捉容易的特点，理所当然是欧洲地区非常完美的经济鱼类。

虽然叫作水煮鳕鱼，但是丹麦这种水煮鳕鱼和中国的水煮鱼可大不相同。丹麦人做水煮鳕鱼从不用辣椒，讲求清淡而味鲜。烹饪的时候，一般是把鱼块放入稍微调了味的热汤汁里焯熟，然后捞出来直接上盘。口味清淡的人则用开水代替汤汁。在欧洲生活了将近二十年，我从来没见过这里有姜种植，所以欧洲人做鱼从来不使用姜丝去鱼腥味。丹麦人吃鳕鱼喜用芥末酱，芥末酱能去除鱼的腥味，而且还有一种刺激爽口的微辣口感，让人吃得过瘾。

我曾经别创一格，按我老家做鱼的方法把鳕鱼放入蒸锅里，用大火蒸六七分钟，代替以汤把鱼块焯熟，效果也出奇地好，能锁住鱼的鲜味。丹麦的朋友还教会我另一种烹饪鳕鱼的方法，就是用鸡蛋和面粉加上少许盐调成浓稠的汁，然后裹在鱼块上，用油锅把鱼块煎到金黄色时，就能做出一道美味的香煎鳕鱼了，吃用的时候可以根据自己的口味搭配不同的酱汁和配菜，比炸鱼排要健康。

原来在丹麦吃鱼是会上瘾的啊！一天，我在朋友家厨房做鱼时就恍然，难怪在安徒生的童话里，连海的女儿也是美丽的美人鱼。

离开丹麦当日，我专程去看了哥本哈根的城市标志美人鱼铜塑。铜像里的美人鱼低垂着头，面海沉思，眼神里的忧郁有一种眷恋。这让我想起里波儿婚前写给安徒生的最后一封信，据说它曾经被安徒生一直珍藏在随身的大衣口袋里，直到陪伴他孤独终老。

就这样，安徒生一生不婚，在爱里锁上心的大门，从此独守自己的孤城。然而，他却用毕生的时间和朗照人心的文字去呵护人性，留住纯真，普度后世。可见有些人的心田一生只能耕种一次，一次之后，宁愿荒芜。但是这种荒芜却不是苍白，恰恰相反，这是至真至纯的另一种注脚，以永恒的真挚去对抗无涯的时间，地老天荒。

2015 年 7 月

凡·高的果树花开

现在是三月春分时节。我穿行在阿尔卑斯山下的乡村小径。村里的杏花初绽，在寒气将去未去的春风里素素地开着，为早春的大地送来了第一份诗意。

天气不算好也不算坏。我流连在杏花树下，并未急着匆匆离去。透过杏枝看到的远外天穹，色彩蓝得温和、恬淡。这种景致让我忽然忆及凡·高的名作《杏花枝头》（*Almond Blossom*），以及作品背后的一些遥远故事。

收藏在荷兰阿姆斯特丹凡·高博物馆的《杏花枝头》创作于 1890 年。其时，凡·高经历了在法国阿尔的割耳事件后，被转送到附近圣雷米乡村的一所疯人院里，接受癫痫病的治疗。

被困在疯人院的日日夜夜里，病友发作时的狂语撕碎了凡·高的神经，宗教幻觉又不断缠绕他的头脑。急于离开疯人院去重过自由人生活的凡·高，只能在与大自然的对视中获得精神上的慰藉。

疯人院的高墙锁住了凡·高的脚步，却锁不住他对重生的向往和对绘画炙热的渴望。等到次年二月，初春的暖气遍地拂来，杏树又再花满枝头，一日，凡·高收到弟弟的来信，得悉弟弟提奥喜获麟儿。他喜出望外，便以蓝天映衬杏树花开入题，画了一幅《杏花枝头》，作为送给侄儿受洗的贺礼。

《杏花枝头》的画题简洁明净，画境清旷幽邃。柔软笔意间，杏花恬淡，毫无尘俗。当我静静站在画幅前的时候，似乎能在寂寂中感受到实物的端美和清逸。几枝弯曲伸展的杏枝，主色为厚朴的橄榄绿，与青蓝色天空的底色正好相融，融成淡泊雅丽的意韵。这段时期的凡·高，画风和技法都受到日本版画风格的影响。在这幅作品上便有明显的体现。

我对画幅中凡·高调配的青蓝色调尤为着迷。那种蓝，难以说得准确。它既不像湖蓝那样明亮，也不像普蓝那么低迷，而是暗含一种典雅温和，让我不禁联想起旧时江浙乡村蓝染花布的质感，一种岁月安稳的况味。凡·高在这里，法国普罗旺斯省，二月的春风里还有残冬雪融的余寒，配上如此青蓝冷调，真是好看。

春天是冰雪消融后万物生发的季节，大地且因刚刚从茫茫雪季醒来而分外纯粹。在欧洲，无论是在什么地方，此时果树的繁花盛开，都具有一种点睛的魔力，会给大地铺上一层妩媚的暖色，勃发出充满希望的惊心之美。我在欧洲生活了将近二十年，每每到了春天，都禁不住反复咏叹，对这种意蕴真是深有体会。

在欧洲主要的果树中，杏树是报春最早的树。我知道，它们都是从我的祖国而来的舶来品，随着硬瘦的驼铃声从新疆一路遥遥而来，来到法国和瑞士仅有约莫两百年历史。入春，杏花簇拥在枝头；含苞时呈纯红色；开花后颜色逐渐变淡；最后，花落时变成纯白色。一生的花事无不明净淡远。

杏花绽放之后，会有樱花接续，再有桃花，再有李花，再有梨花，再有苹果花。花事也爱扎堆争春赶热闹，谁的双眼都绕不开。一轮一轮，汹涌而来，开到如火如荼，才肯罢休。

其实我在早年赏阅凡·高的画册时已发现凡·高对果树花开的热爱，在他创作《杏花枝头》的早两年在阿尔的岁月中已有所显现。对巴黎充满厌倦的凡·高，在1888年春天南下来到阿尔。初到阿尔时，他不巧遇上二十八年来最冷的一个二月。如斯寒意，迫使他不得不留在室内作画。但是杏枝还是开花了。在这段时期的画作里，凡·高就有杏枝入题的习作，取名《花瓶中开花的小杏枝》，布面油画，尺幅不大。

继有一幅《开花的小梨树》，属于同期的作品。画幅当中，入题的梨树虽是小树，但是树形清朗矫健，枝条伸展有力，梨花一簇一簇挂满枝头，有一种铮铮向上生长的气势。

和《杏花枝头》相比，这幅画的色调比较暖和，淡黄的底色似是镀上了阳光的质感，格外柔媚。

这一年的春天，凡·高不知疲倦地创作，画笔随花历快速舞动。转眼到了三月，他先是画了一幅桃树花开的油画，作为礼物，给刚刚过世的画家莫夫的遗孀寄去。这幅画他画得很满意。趁着如斯兴致，后来又继续画了更大的一幅，取名《粉红色的桃树》。

也许是因为画题纯粹、意境清透的缘故吧，《粉红色的桃树》给人的感觉，天地静阔，春风骀荡，画境更加开阔高远。画面上的花都开好了，花色的明艳和妩媚，在云彩和天空的衬托下，一层一层晕染出来，似乎能透过纸页，让人闻到芳馥的花香。

可见花境也能力辟混浊，度人于彼岸。凡·高生命深处曾有的哀伤和忧悒，到了此时此刻，都在与艺术神交的欢愉中暂时消隐了下去。我一直相信，画境和心境是相通的，画中之境无不是画者精神的倒影。

普罗旺斯春天的乡村之美让凡·高画得很起劲。他充满激情，按捺不住。画意勃发，一刻不缓。到了四月，他在给弟弟提奥的信中写道："现在果树都开花了，我要画一幅使人赏心悦目的普罗旺斯的画。看在上帝的分儿上，快点给我寄颜料来，果树开花的季节是很短的。"

是啊！春天的果树只忙开花，但是好花偏偏不耐开。一瞬花开，一瞬惊艳；一瞬花落，一瞬伤怀。太无常，太匆匆。就像我们的青春，太美好，又太短。

凡·高在阿尔的这一年，普罗旺斯地区的自然之美赋予了他创作风景画的灵感，对色彩的感觉表现出异乎寻常的强烈。在1888年3月24日到4月21日不到一个月的时间里，凡·高就以阿尔盛开的果树入题，画了14幅油画。

这些都是凡·高癫痫病发病自尽之前，流寓在普罗旺斯乡村的最后时光里，以果树花开入题的作品。他腕下的果树繁花，富含天地的精魂，常让我赏着赏着会产生见意忘言的意绪。在这段时期，他努力管住自己的情绪，把患病后的压抑和愁绪都转化成动力，尽情创作，为世人留下了大量的稀世之作。

山风轻摇，摇落了一地的杏花花瓣，也摇醒了我的思绪。我俯身轻轻拾起一捧落英，默默夹入随身的日记本。谨以为念。

2016年3月

偷听来的箴言

　　约翰搬离我们小区的那天，我记得，刚好是我们中国人的冬至。清晨，气温格外低，街心公园的树丫挂满了残雪，电线杆上看不到平日排成一字的麻雀，气氛格外清萧冷寂。直到和约翰握手告别的时候，我才获知他和苔丝正在办理离婚手续。这是他搬走的原因，让我伤感，也出乎我的意料。

　　一段七年不到的婚姻关系就这样结束了。按照协议，约翰和苔丝分居后，两个孩子跟着苔丝生活。没有了男主人的家，时间照样在推进，生活照样在前行。每逢周五晚上，约翰会准时前来把两个孩子接走，到他的住处过周末。每一次，苔丝都会提前把孩子的行李打点好，亲自把他们父子仨送到楼下，而且两个大人边走还边有说有笑的，哪怕已经不是夫妻了，但关系却并没有因此而僵硬。

　　约翰和苔丝离婚的次年秋天，苔丝再婚。她的第二任丈夫彼德是苔丝一个同事的朋友，据说两人相识了大约两年，情投意合。他是苔丝和约翰离婚的主要原因。

受苔丝的邀请，我去参加了他们的婚礼。那是一个秋风乍起的日子，我捧着一束并不算是精心挑选的鲜花，怀着比鲜花更平庸的心情，推开了教堂神圣而厚重的大门。

来参加婚礼的嘉宾并不多，只有男女双方的父母，几个朋友、同事，苔丝的孩子汤马斯、小威廉和新郎的前任妻子和孩子。苔丝穿着白色的礼服，盈盈浅笑间，脸上漾起了一些皱纹。阳光从教堂的窗户打进来，使礼服下微微隆起的腹部隐约可见。婚礼在牧师的安排下按部就班地进行，当牧师阐述婚姻中关于家庭与孩子责任的时候，庄重的气息弥漫在整个教堂，久久不散。

婚礼的乐曲奏起，教堂圣灵的烛光在眼前摇曳，我在烛光中想起了苔丝跟前夫约翰和两个孩子在一起的很多幸福片段。烛光摇曳中，耿耿于怀的叹息从我的心底冉冉升起。忧怅怅，怨戚戚，直到曲终人散我走出了教堂的大门。

那是瑞士离婚率冲破50%的2005年，据官方资料显示，那一年，每3对在瑞士登记结婚的新人里面就有1对是二婚。也是这一年，我的女儿开始在瑞士上托儿所。不断与其他瑞士家庭交往的机会，像是一把直抵社会心脏的梯子，让我一步一步从微观处接触到个体与家庭，慢慢触摸到瑞士民族婚姻观念的脉搏。

从留学到嫁入瑞士家庭，再从女儿出生到上学的这十几年，我亲眼见证了不少像苔丝和约翰这样半途离异的夫妻。仅仅就在女儿上小学的这几年间，她班上的同学，据我所见，父母一一分道扬镳的就达到了半数。这些戛然而止的婚姻关系，大部分都没有坚持到七年，分手的原因也多是因为感情破裂或者是第三者的介入。不过，让我意外的是，瑞士人离异的过程极少有激烈争吵的。而且，离婚之事常常是在两个人中间悄然无声地进行，少有长辈或其他家庭成员的参与，以至于连邻居或同事都不会发觉。就像苔丝和约翰一样，自始至终没有邻居听到过他们争吵，哪怕是分开以后，陪伴孩子过一些重要节日时，也是有说有笑、关系融洽的。

更重要的是，对于离异的家庭，我从来没有从他们孩子的言行举止上看到因父母婚姻关系破裂而带来的负面影响。在身心的成长上，保证了孩子的心理健康和对离婚怀有平常心。约翰离开以后，约翰的妈妈定期来看孙子时，和苔丝的关系也和从前无异，甚至苔丝外出度假时，老人家也常亲自前来帮忙苔丝照看着家里的植物和水族箱。

也许，瑞士人一直明白，离婚是很个人的事情。尽管这并不是什么好事，但是如果婚姻生活失去了精神上的契合，两心相悦的爱情变成了一句空话，他们宁愿选择分道扬镳而不是委曲求全，让彼此早日获得重新寻找幸福的机会。但是，这只是一种选择，而没有对错。

平日跟女儿在小区散步，常常会碰到一些她的同学和他们的弟弟妹妹或哥哥姐姐在一起玩耍。时间长了，逐渐了解到很多孩子兄弟姐妹都不是同一对父母所生。他们有些年龄差距比较大，有些年纪相仿；有些只是同一个妈妈，有些只是同一个爸爸；有些住在一起，有些分开，各自跟着爸爸或妈妈一方住。

但无论是什么样的情况，我发现当这些孩子在一起的时候，亲密无间的关系、友爱融洽的气氛，简直就和跟自己百分百的亲兄弟姐妹没有任何的区别。苔丝新婚后没多久，约翰也交了新的女朋友。这位叫安妮的女士也是一位离异的年轻妈妈，带着一个男孩子。周五的时候他们常常跟着约翰的车来接孩子。三个男孩子就自然玩在一起，从大人到孩子，我看不出他们之间有任何的芥蒂。

花开又花落，一年复一年。小区的日子如常，太阳每天照常升起。约翰和苔丝离婚的事情，我从来没有在小区内听到有别人议论过。尊重隐私是西方社会的很大特色，瑞士亦然。这种尊重隐私接近一种忌讳。不过，我喜欢这种忌讳，喜欢这种特色，它给予了更多的个人隐私空间，让渴望重新选择婚姻的人更从容。

苔丝再婚后的第二年春天，她和第二任丈夫彼德的小公主降生了。那段时间，因为彼德常常要跑外地工作，约翰不计前嫌，在生活上对苔丝给予了很多帮助和照顾。有一段时间，苔丝身体不好，约翰不仅干脆把两个男孩子接回家去照顾，偶尔也把苔丝和彼德的小公主顺道带去照看。有一次，我在路上遇到他们，两个大哥哥还争着跟我介绍他们出生不久的小妹妹，满脸自豪的样子，令人感喟之余，也让我想起了中国人所描述的"视如己出"。

成长于不同社会背景而生活在瑞士的我，被"视如己出"的爱深深感动，他们让我体会到一份陌生的温暖，也引发了我深刻的思考。我相信，这种"视如己出"态度所蕴藏的平和与仁慈，背后必定有着宽广的胸怀和广义的大爱。这一切，在一个不懂得爱的社会，是不可能存在的。

约翰曾经很坦然地对我说，他自己也来自离异的家庭，从小父母就不住在一起，却一辈子都是朋友，从来没有在他面前抱怨过对方。约翰说："一段婚姻中途告终，不应该归咎于任何一方的过错。不少人其实年轻的时候不知道自己想要什么，不了解自己是谁。所以有很多婚姻可能都是错配的、草率的，常常要到人生后半段思想成熟稳定后才发现。在这个时候，假若两个人要为婚姻的名义去将就一段貌合神离的感情，就等于自缚作茧，相当残忍。相反，在我们的社会，大家对爱有不同的理解和共识，那就是婚姻关系结束了，友情关系照样可以延续。和其他地方相比，对于离婚，我们或许轻率，或许猛烈，但它是个人的、单纯的、直接的，没有虚伪的情愫，而且大部分时候并不会因此'株连九族'，影响到其他家庭成员和前配偶已经建立的情感。"

情况果然就像约翰说的那样。据我的观察，他和苔丝的婚姻结束不仅没有影响到孩子们的成长，同时，也没有影响到他们与其他家庭成员的关系。苔丝产后的那一年年底，约翰妈妈查出癌症，让约翰一家人都非常担心。事有凑巧，苔丝二任丈夫彼德的哥哥是市里口碑极好的临床医生，苔丝和彼德就帮忙把约翰的妈妈安排给彼德的哥哥照看。

约翰妈妈住院的那段时间，约翰和安妮都忙坏了。为了减轻他们的负担，苔丝不仅暂时让两个儿子不去爸爸那儿，还经常抽空去探望老人家，陪着她散步，或者帮约翰和安妮解决一些照顾老人的难题。在我看来，昔日的婆媳关系建立起的感情并没有因为婚姻关系的结束而有所消减。

等到次年虞美人开得别样红，约翰和女友安妮也结婚了。那是七月的暑假里，苔丝一家三口到了国外度假。自然，那段时间两个男孩子就跟着约翰和安妮。约翰和安妮没有举行隆重的婚礼，只是请来了一些朋友和同事，在他们自己的新家搞了一个简单的派对。

派对上，我和安妮拉起了家常。当我们谈论起孩子的成长时，安妮突然笑得像个孩子一样说，她觉得跟约翰结合，自己突然多了两个儿子，一下子就变成了三个男孩子的妈妈，自己占大便宜了。而且三个男孩子常常玩在一块儿，还让她省心了许多。我想我一辈子都不会忘记安妮在跟我说这番话时的眼神，那里暗含有一种纯粹的爱，如泉水般迷人、清澈。

这种清澈的力量，谁说它不是一种慈悲。仔细想想，恩爱一生，白头偕老，固然是一件好事。但是随着时代在进步，当一个人的情感选择与自身的认知产生一系列变化的时候，尊重感情，淡然从容，恰恰是一种让人赞叹的情感态度。

约翰的妈妈康复出院以后，不时来小区看望苔丝和她的三个小宝贝。每一次来，老人家都会给三个孩子买一样的礼物，没有区分彼此。有时候甚至会特意给苔丝的女儿买一些特别好看的小礼物。有一次在路上看到老人家，我们闲聊起来。老人家就一个劲地向我夸赞苔丝的女儿好看。她说从前自己没有过一个小孙女，如今苔丝生了女儿，自己终于也能像其他有小孙女的奶奶一样去买小姑娘喜欢的玩意儿了。

听着这位年近八旬的老人的话，我心里忽然有一种莫名的感动涌起，满满都是温暖。

这就是瑞士人的婚姻观念。他们侧重纯粹的爱情，大部分不会考虑婚姻的博弈，只要两情相悦，所谓的家庭背景、社会地位和种族出身等等条件都显得无关紧要。有了纯粹的爱情作为婚姻的底色，他们因此相信，成功的婚姻不需要靠孩子去升温和维系，而半途的婚姻，更不会拿孩子当了断的筹码或者让他们承担任何结果。

有50%离婚率的社会究竟会是一个什么画面？对着这个庞大的数字，我常常想，在一个对爱狭隘的社会，它或许是硝烟弥漫，或许是爱意扭曲，或许是千疮百孔，但是这些恰恰没有发生在社会稳定、民风淳朴的瑞士。

有好多年，我一直在寻找一个答案，直到有一天，在公共汽车上偶然听到身旁一位女士用手机跟电话那头的孩子说："爸爸爱不爱妈妈，跟你去看望爸爸完全是两回事。"

这一句不经意偷听回来的箴言，这一句让爱不囿于血缘和情绪的话，既宽广了她的孩子，同时，也宽广了我。细细想来，它是那般耐人寻味，就如一枚青橄榄，可不断咀嚼，不断流香，直到溢出醇醇的甘甜。而那一刹那，当我怔怔地站在异国的土地上仰望天际时，远方的博朗峰，蓝天白云，恬静温柔。

今天是苔丝二婚的周年纪念日，我忽然有一种冲动，要去花店为她挑选一束玫瑰。送上祝福之余，我真的希望让苔丝知道，他们的生活故事，不仅让我看到了一个有爱的社会，一种迥然不同的生存方式，更加让我对婚姻与爱有了一种不同层面上的理解与感悟。

2011 年 10 月

瑞士拉沃葡萄梯田和它的夏瑟拉传奇

风景如画的瑞士是欧洲版图上一粒璀璨的明珠。

这里自然风光秀丽，人文气息浓厚，一年四季到处都有各不相同的自然美景，是一个随便转身就会移步换景的世外桃源。不过，如果让我来推荐它的极致的风光，拉沃葡萄梯田一定是我的首选之一。

拉沃葡萄梯田位于瑞士西部的沿湖地区，是瑞士十一处自然文化保护遗产之一，拥有接近九百公顷的葡萄园。这里原本只是一片贫瘠荒凉的乱石坡地，到了 12 世纪中叶时，才开始由瑞士西都会的教士开垦。我想象当时的情景：阿尔卑斯山上的天空蓝得透亮，几个教士踟蹰在旖旎的莱蒙湖畔，背靠空无物产的大山，面对光可鉴人的湖水。忽然，一个大胆的设想滑过清澈的山水间……

为了让这个设想着陆，教士们开始动手实施。他们取石打坝，首先将山坡上的石头垒起来，垒成一道道的石墙。接着，他们又从其他地方运来优质的土壤，堆土造田，一道，又一道，把原来荒凉的山坡渐渐修整成层层向上的梯田。最后，他们再亲手种下一排排的葡萄树，为拉沃葡萄梯田建造出最初的雏形。

教士们的热情鼓舞了拉沃地区的乡民。不久，他们也加入劳动的队伍中，参与到开垦、建立灌溉系统的工程中。就这样，大大小小的葡萄园如雨后春笋般纷纷涌现。在随后接近千年的传承接力中，葡萄园在一代又一代人的手上越来越大，随之建起的酒坊也越来越多，使拉沃葡萄梯田的范围扩展成始起自蒙特勒南部的西庸古堡，由南向北沿着日内瓦湖北岸绵延至洛桑东郊的一个葡萄产区，也是瑞士著名的葡萄酒产地。

瑞士境内种植的葡萄种类众多，除了主流的品种，还有为数不少的本地品种。清新的空气、纯净的水源、富含矿物质的土壤，得天独厚的综合自然优势都使从这里种植出来的葡萄非常适合酿造葡萄酒。自然，用这样优质的葡萄酿制出来的葡萄酒更是醇美芬芳，品质卓著。

拉沃葡萄梯田上每一粒葡萄的生长都备受"三个太阳"的普照，一如瑞士人在自己的民歌里面唱的一样。第一个太阳，是天上的太阳，炙热又慷慨。第二个太阳，是来自湖水反射而出的太阳。因为拉沃葡萄梯田建于阿尔卑斯山的南坡上，面朝日内瓦湖，如镜的水面常年会将大量的阳光反射到葡萄园上，为葡萄带来了大量的光照。第三个太阳则是古石坝——梯田上的石墙常年反射阳光。

不仅如此，石墙在夜间还会把白天储存的热量散发出来，使葡萄园在葡萄的生长期内全天都保持有最适宜的温度，保证了葡萄的茁壮生长。而且，来自日内瓦湖的潮湿水汽对于葡萄的生长也十分有利，所有的这些先决条件，使拉沃梯田成为出产优质葡萄的理想之地。

估计当年开垦荒地的教士们也万万没有想到，拉沃梯田的建成为葡萄在此地的生长创造了无与伦比的自然优势。而最令当地酒农世世代代都倍感自豪的是，他们在这片土地上成功培育出了闻名遐迩的葡萄之王——白葡萄夏瑟拉。夏瑟拉在此地出类拔萃的品质让拉沃梯田成为瑞士白葡萄酒的化石级佳酿——夏瑟拉白葡萄酒的大本营。

夏瑟拉是瑞士用来酿制白葡萄酒的最独特最出名的葡萄，也是人类最早种植的葡萄品种之一。这种葡萄大小仅约一颗珍珠纽扣大小，但是个小汁多，而且糖分含量非常高，初长时色泽青翠碧绿，成熟后又澄黄得晶亮通透，让人看一眼都不禁垂涎欲滴，不仅适宜酿造葡萄酒，也适合当水果白嘴吃。今天，用夏瑟拉酿造出来的夏瑟拉白葡萄酒当之无愧地成为瑞士白葡萄酒的形象大使。

因为年代久远，关于夏瑟拉最早的起源，已经难以确切考究。不过，我看过有报道推断，瑞士的夏瑟拉最早应该来自埃及和中东。当然，欧洲的其他地方甚至美洲和非洲都有夏瑟拉白葡萄种植，但是要论品质，却要数瑞士的种植最为成功。

就这样，教士和拉沃当地先民在千年前亲手栽种下这些葡萄树，也像亲手种下了一个传奇，为后世播种了一片希望。被"三个太阳"一直眷顾着的拉沃葡萄梯田不仅成就了一片风光旖旎之地，也成就了独有风情的一方水土。2007 年，拉沃梯田以古老的葡萄园被联合国教科文组织列为世界文化遗产，让瑞士人更加引以为豪。

在拉沃葡萄梯田地区，星星点点遍布着很多独立的家庭式小酒庄。每年春天，瑞士各大葡萄产地都会举行酒庄开庄日，拉沃也不例外。这种沿袭传统的节庆日是酒农和酒客之间一个甜蜜的约会。瑞士人做事历来有长远的计划性，加上瑞士旅游业管理成熟发达，因此，地方旅游局每年都会提早对外公布当年开庄活动日的时间和内容，以便知会更多的酒客来参加开庄活动日的活动。

酒庄的开庄活动日当天，在拉沃葡萄产区，梯田里的小火车不停地在一行一行的葡萄树间蜿蜒穿梭，把远道而来的酒客一一送到那些大门敞开的独立酒庄去。恭候已久的酒农会从酒窖里把自己各种不同的葡萄酒轮番拿出来请客人品尝，然后围绕葡萄酒的品质和葡萄的生长说一些喜庆的话，表示与大家一起去期待一个新的葡萄好年。这些世代沿袭的节庆活动很有传统的古朴遗风，体现了阿尔卑斯山区人民朴素温馨的人情之美。

葡萄酒是瑞士人日常饮食的一个重要部分。如果宴客没有葡萄酒，那简直是不可思议的事情。受邀的客人也喜欢带上葡萄酒作为礼物，大家围坐在一起畅饮。这里的报纸全年都会有关于葡萄生长的大小报道，已经成了人们生活的一大谈资。阳光如何，降水如何，那些贯穿在时间波浪线上的任何一点天气变化，都会牵动着全国上下酒民的神经。

因为工作的关系，我经常在不同时节探访拉沃葡萄梯田以及当地的酒庄，深深领略和感受过这里的四季之美。

每年四至五月的春天，当葡萄树刚刚从冬眠里苏醒过来，人站在拉沃的高处放眼望去，天地间云水相融，初萌的新叶在春风里微微颤抖，茁茁成长，远处的阿尔卑斯山雪峰奇丽峻峭，大地充满了一种开阔的希望之美。

转眼来到夏天，葡萄树上的叶子已长到盛处，漫步在梯田当中，满眼的绿，满身的风，视野所及之处都是青山秀水。澄澈的天空如一块蔚蓝光洁的绸缎，映衬着远近中世纪的村落，犹如一幅色彩明亮的油画。这个时候，葡萄已经安安静静地结好了果子。它们都不出声，忙着吮吸阳光，尽情沐风浴雨，一天一天繁茂生长。

到了秋天收获葡萄的季节，凉风初起，莱蒙湖上的湖水似乎更蓝了。那些一字排开去的葡萄树下，满眼都是丰硕的葡萄串，让人见了无比兴奋。当你向它们走近，成熟葡萄浓甜的芬芳就能漫过你的衣裙，让你如同沐浴在恋爱的幸福之中。

不过，采葡萄却是个辛苦活。和很多西欧的葡萄酒产地一样，为了便于采摘，瑞士葡萄园的葡萄树也是采用矮株种植方法。所以采摘的时候要俯下身，一串一串剪下来。尤其是梯田的葡萄不适宜使用机器采收，只能人手一串一串去采摘。

我从老旧的瑞士明信片里见到过昔日拉沃梯田丰收时的情景。劳动中的瑞士妇女穿着围裙，裹着头巾。运输葡萄的车上装满了鲜采的葡萄。整个画面充满了收获时的丰盈和喜悦。葡萄采收以后，葡萄树上的叶片就会渐渐发黄，是一种特别澄明的黄，在阳光下一路铺开，铺成视野里一片无际的金黄，一片灿烂的秋色。

瑞士种植葡萄和酿造美酒的历史悠久，可追溯到古罗马时代，并贯穿整个中世纪的漫长岁月。这里的酒农大部分经营的都是家族传承的酒庄生意。他们十分热爱自己的土地，热爱自己家族相传下来的葡萄酒庄，所以哪儿都不屑于去，甘愿世世代代都守护着自己的一方葡萄园，也守护着这里的纯净。

这些传统的酒农都是靠坚持葡萄酒品质的口碑来延续自

己家族的葡萄酒买卖。酒农们喜欢在每年秋天的葡萄酒节时举行隆重的聚会，按照传统风俗，把长期惠顾自己酒庄的老顾客请到家里来参加活动，大家围坐在一起欢畅举杯，慢慢品尝美酒。这种表达喜爱和感恩的方式别具瑞士民族风情。

酒农招待客人品酒时，下酒的小吃都是典型的阿尔卑斯山山区传统小吃。一般有奶酪块、风干红肉和现切的全麦面包块。它们都是瑞士传统的下酒绝配。馥郁的酒香配上如此奶香、咸香和麦香，纯朴的田园气息便会顿时扑面而来。

葡萄每年含糖量的高低都会直接影响当年葡萄酒的品质。质优的葡萄甜度极高，能酿出酒中极品。一串葡萄质量的好坏，有经验的酒农一眼就能辨别出来。不过，哪怕葡萄是一年品质较好，一年品质较次，一年品质平平，这里的酒农都会视为上天慷慨的馈赠，都会照样欣然喜乐。

用夏瑟拉葡萄酿出的干白葡萄酒品质纯粹，口感芳醇温润，带有浓郁的果香、花香和矿物香。不仅是出色的开胃酒，还是佐吃禽类、兔肉、鱼类、海鲜、小牛肉等佳肴的绝配。不过，哪怕是一样的葡萄品种，每一个葡萄园的夏瑟拉也有着自己不同的特点。所以，每一家酒庄的出产也略有不同，年份高的夏瑟拉葡萄树能种出有坚果味的葡萄，人们都喜欢这种独特的老酒芬芳。

既然瑞士葡萄酒的品质那么好，为什么国际酒坛上不容易听到、看到或者喝到瑞士葡萄酒呢？原来，一个很重要的原因是瑞士人太爱自己本国出产的葡萄酒了，因此本国酿造的葡萄酒几乎都就地消耗了。不必说出国，一般是州都没出去就统统被订购一空，所以瑞士葡萄酒的出口量只有百分之一。换句话说，每一百瓶才会有一瓶被卖到国外，而且多数只到周边的国家。

我曾经在葡萄收获的季节受邀到拉沃梯田附近的酒庄参加采收活动，摘葡萄、品酒，也一并品尝了当季鲜榨的葡萄汁。当地很多的酒农都保留有传统的木桶葡萄榨汁机，在收获季节或其他特别节日待客时拿出来使用。鲜榨的葡萄汁口感格外浓甜。不过，几天以后，当汁液开始自然发酵，葡萄汁会生出丝丝的酒味，这时的葡萄汁就要比鲜榨时更加可口美味。每年这个季节，瑞士的超市也季节性地出售这种略带点酒味的葡萄汁。

拉沃葡萄梯田的酒庄之旅让我深刻地感受到了一种天人合一的幸福感觉。离开酒庄的时候，日落西山，彩霞满天。我故意没有马上离开，一个人独自站在葡萄园梯田上多待了一阵。山风抚过波光粼粼的莱蒙湖，湖面泛出层层的涟漪。暮霭中，景亦朦胧意亦朦胧，让人在恍惚间竟不觉眼前的田园生活，究竟是尘世，还是仙境。

2015 年 10 月

历史长河上的远年面庞

今年春天，一位朋友告诉我，说吉林省东丰县现在也开始制作农民瓷了，让我有空也给宣传一下。

我说，东丰县的农民画创作基础那么好，好的东西自然会受欢迎的。酒香不怕巷子深，对于他们创作农民瓷，我真是一点也不担心。

当天晚上，在浏览民间艺术新闻的时候，正好读到一篇关于东丰县人们创作农民瓷的文章。果然不出我所料，原来农民瓷在东丰县的创作尝试又是刘丹老师的主意。

对于刘丹老师，我并不陌生。他是吉林省东丰县农民画画院院长，十多年前就在当地建立起农民画创作基地，传授农民画画艺，在当地育人无数。作为中国的三大农民画创作基地之一，吉林东丰县与陕西户县（今西安市鄠邑区）、上海金山县（今上海市金山区）齐名，属于三大"现代民间绘画画乡"之一。自然，刘老师在农民画界的知名度不言而喻。而且刘老师画艺精纯，大凡关注中国农民画状况的人，大抵都知道他。

中国农民画是广泛流传于中国乡村的一种民间艺术，由农民自己创作，取材自乡村生活，最接乡土地气。东丰农民画在创作上借鉴了国画、年画、版画、油画、水彩画以及漫画的经验，同时又吸纳东北地方戏曲、诗歌、民歌和歇后语的元素。构图上色彩明快，畅想自由，具有民族、民俗、原生、原创的特点，是通俗画在民间的一种情感延伸。而且主题鲜明，地方味浓厚，是承载乡愁最深的一种民间艺术。

很多年前，我有幸欣赏过刘丹老师创作的一部分获奖作品。尤记得其中的一幅，取名《关东三九》，画题是典型的东北农村乡土亲情：三九天里，炕上升起小火盆，一家人围坐在火盆边，老大爷抽着烟，老婆婆纳着鞋，儿子、媳妇和小孙子在一旁其乐融融。整幅画给人的感觉是乡土温馨，时日宁静。其他的几幅代表作也全是以乡土风物入题。有《打鱼》《鹿乡春秋》《东北三大怪》。入画的都是当地典型的寻常物事，画意质朴，画面生动有趣，看了让人倍感亲切。

当然，其他东丰农民画入画的一些乡土元素，例如玉米扎、辣椒串、花棉被、蓝染布、馍馍头、花公鸡、大蒜瓣等等，也富含浓郁的北国乡土风情，而且绘之有味，大美至拙，意绪缱绻。大约好的民间艺术都应该是这样的吧。不管采用哪一种表现手法，取材永远离生活本质最近，而且情感朴实，意趣盎然。哪怕观者离作品描绘的生活形态相距甚远，看罢说不出个一二来，也会油然生出一种满眼舒畅满心欢喜的感觉。

这种超越地域和语言藩篱而直抵美好的艺术通感，我在观赏瑞士波亚农民画的时候同样有过。

波亚农民画是瑞士一种特有的乡土民间艺术。它是一种画在木板上的彩绘画，最早发源于瑞士的弗里堡州。画题鲜明，立意统一，都是反映每年春天牧民把牲口赶上阿尔卑斯山吃牧草时，牛群在山路小径上浩浩荡荡的盛景。在弗里堡的乡村方言里，"波亚"是单词 Poya 的发音，原意是指牧民把牛群赶上山去吃草的农活。

瑞士是畜牧业发达的国家，传统的经济结构对畜牧业有很大的依赖。这里的阿尔卑斯山上有辽阔的草场。每年春天，山上的牧草开始茁壮生长，按照当地传统的畜牧习惯，牛倌们会纷纷把牛群赶到山上去天然放牧喂养，直到秋天气候转凉时才从山上带着做好的奶酪一起把牛群赶下来。这样一来，牛群在山上就能吃到最肥美最新鲜的阿尔卑斯山牧草，产出最优质的鲜奶。

从 19 世纪伊始，弗里堡的乡村就有人开始把这种赶牛群到山上去的传统盛景用彩绘的方式画于木板上，然后悬挂在木材构造的农舍外墙，以作装饰之用。出生于当地维阿当村的农民画画家西尔韦斯特是这种农民画的创始人。自 20 世纪的 60 年代始，这种木板画在当地慢慢形成了一种流行风尚，于是人们干脆直接把这种艺术称为"波亚"（农民画）。

与中国农民画一样，瑞士的波亚农民画也是创作者向自然生活和传统民俗致敬的一种情感提炼，有着悠久的历史传统和持久的生命力。入画的元素全是自然之物，多是牛群、羊群、雪山、山径，又兼木屋、雪松、牛倌、牧羊犬等等与当地畜牧生活相关的风物。画意朴实，空灵高远，有云端的意境，充分显现高山山民一份敬仰天地的纯粹精神。

清新的画面上，牛群大队出牧，沿山径小道一路往高前进。辽远的笔意间，天地同在，人畜无间，处处流淌着青山绿水的自然意蕴，大有"天地有大美而不言"的画意。也许是因为有高山的自然映衬吧，波亚农民画从来不带一丝矫情之气。别具一种山高远牧在凡俗世外，天人合一于美好自然的大境界。

这种画意也让我忽而忆及几年前，亲身去到阿尔卑斯山的乡村地区体验牛群下山时的盛景。

每年秋天大概九月的时候，瑞士阿尔卑斯山的一些乡村地区都会举行大型的欢庆活动，以迎接满载奶酪的牛群队伍归牧，回到牛倌家里的冬季牛棚准备过冬。牛群下山的这一天，不仅牛倌们会穿上传统服装，随行的牧民和牧童也会统统穿上传统服饰，从山上经过城镇穿梭而过，在欢庆的气氛中一路留下深长的民俗意味。按照传统习俗，牛倌们会在自己的牛群中挑选一头最健硕的奶牛作为牛群的领队，为它佩戴上代表荣誉的鲜花大花冠，在脖子上戴上最大的牛铃。有点封官加冕的意味，以示郑重。

给奶牛佩戴牛铃原来已经是阿尔卑斯地区的一大特色。按照传统的习惯，平日牧人在这里放牧时都会在奶牛的脖子上套上牛铃。奶牛吃草的时候，牛铃随着牛脖子的抖动，持续发出叮叮当当的声音，在空旷的草场上形成一种原始辽远的放牧铃响，有若一首生动的田园牧歌。今天，外地游客可以在瑞士各个景点的商店买到袖珍版的牛铃，作为旅游纪念品。

除了领队的牛王，牛倌们也会为队伍里头的每一头奶牛佩戴上一个小一点的牛铃。下山时，牛群沿着山中小径蜿蜒而下，会在路上延伸出一条长长的队列，场面宏大又壮观。牛铃声随着队伍的远行扬长而去，铃声清脆悦耳，一路高亢，在高山上此起彼伏一直连绵，会让围观的路人听后不禁心生感动。今天，尽管经济结构的改变令阿尔卑斯山牧民的数量逐渐减少，但是，民俗传承的意味依旧没有在这片大地上消弭。

瑞士旅游业与民间艺术在消费市场一直相互依存发展，波亚农民画的创作也同样在民间默默前行。民俗本身其实并不能产生多少艺术感染力，更难以远走他乡，但它们是一方水土的历史和旅游文化的最好标记，可以通过民间工艺转化为实体物件，去承载一方水土的生活形态，拨动异族消费者的情感。

我没有去过俄罗斯，但从俄罗斯的传统民间木雕套娃身上，我看到了俄罗斯传统的民俗风情。我也从来没有到过尼泊尔，但从满世界的尼泊尔传统银器和首饰中，我认识了他们的宗教文化和民族风格。我甚至至今还没远涉非洲大地，但非洲的民间木雕艺术品总向我释放出辽阔大草原一份原始的美感，让人向往。

作为瑞士农民生活的一个旧日剪影，如今，波亚农民画这种民间艺术在外地游客中找到了新的市场，而且正逐渐从传统的室外装饰功用转变到室内设计以及更广泛的媒介用途上。

在弗里堡的乡村，时至今日，大概还有十几位农民画画家在延续着波亚农民画的生命力。几百幅旧日的波亚农民画仍然一如既往地悬挂在这里农舍的外墙上，被牧民敝帚自珍地守护着。它们静静地安守在乡村的时光里，以清明的画意和谦卑的姿态继续讲述着关于乡村的传统物事。

外出行走能发现外族的文化，深入交流能感悟彼此的异同。2012 年，瑞士阿彭策尔恩斯特霍尔文化基金会在成功举办过"东西合璧的剪纸艺术展"等中瑞传统文化交流活动后，与中国联手举办了中国和瑞士农民画合展，使两种气息相通的民间艺术得以跨越国界而相遇。

民俗是一个地方生活形态的一种概括。它们是历史的筋骨，体现一个地方在时间长河里被反复涤荡的人文景观，可以作为当地民族与外族人民友善相处的元素和内容。所以我一直深信，只要把它们好好地传承下去，就能产生在现代社会继续发展的无限可能。

在瑞士，与波亚农民画一样能体现乡土风情的民间艺术，还有传统的农民陶。

大概在二百多年以前，瑞士的突恩—海姆贝格—朗瑙地区是欧洲手工制陶的知名产地，专门生产一些带有瑞士特色的陶器用具。这些陶器生产商都是当地小型农场的农场主，经营模式也全是家庭作坊。在很长一段时间里，他们用传统的制陶方法烧制自产自用的陶具器皿，满足农场的日常需要。因此，商品都是小批量的独家产品。

18世纪初，随着农民陶的持续发展，瑞士首都伯尔尼建立起五个制陶中心。其中朗瑙、海姆贝格和艾冰根地区专门生产农民陶器。西曼达和百日士威地区则生产白釉陶。19世纪时，随着瑞士旅游业的蓬勃发展，市场对农民陶的需求急剧增加，农民陶呈现出不断增产的大好势头。到了20世纪初，陶器贸易发展走到鼎盛时期，许多农民陶商纷纷在巴黎和伦敦的陶器展览会上展示起自己的独家产品。

陶器的外观比瓷器要更加拙朴厚实，成品更吻合乡村的质朴风格。瑞士农民陶的制品多是日常生活的器物和餐具，例如，不同大小和形状的盘子、瓶子、罐子和杯子等器物。瑞士的乡村生活和中国的乡村生活，从生活形态上比较起来有不少区别。因此，对餐具和器皿的需求自然也不大一样。

比如说，在碳酸饮料还不普及的年代，每年到了草木葳蕤、果实繁盛的夏季，瑞士乡村的家庭都会自己烹煮一些浓缩糖浆以作冬储之备。制作浓缩糖浆常用的草木和果实有接骨木花、薄荷、草莓、覆盆子和柠檬等等。到了冬天，大地偃音息声，植物沉睡冬眠，鲜物的供给短缺。这时候，把夏天做好的浓缩糖浆拿出来兑水喝，是这里正餐餐桌上的传统搭配，有古韵遗风。

糖浆兑水时常用到的器物是一种粗陶开口瓶。它是瑞士传统农民陶的一种常见器皿，最普遍的尺寸是大约能盛一公升液体的陶瓶。瓶子一般呈圆形、椭圆形或者桶形，有瓶耳但没有瓶盖，方便随时可以添加或者斟倒。这种开口瓶造型古拙可爱，通常瓶身只有一种颜色，瓶颈或者瓶口处有纤细的花纹装饰图案，端庄内慧，秀丽清雅。

我仔细留意过，在瑞士乡村的日常餐桌上，这种开口的陶瓶除了盛糖浆水，也盛蜂蜜水，盛果汁，盛冰水，甚至，也盛花香，盛草馨，盛月色和乡村所有山中赶牛树下炼蜜的零碎时光。它们是乡村的胃，专门消化四季流转的光阴。

除了这种陶瓶以外，常见于西方人日常早餐餐桌上以盛冷牛奶的小奶杯，也是中国人不熟悉的一种器物。瑞士是奶制品供给丰富的国家，牛奶在当地人日常饮食里占比很高，可以任意搭配红茶、咖啡、小麦片等等家常食材，所以小奶杯是每个家庭的必备之物。传统瑞士农民陶风格的小奶杯多是纯色配圆点图案的设计，最传统的有红底色配白圆点，是一种典型的欧式田园风格。

瑞士农民陶的一些其他器皿，入题的图案也多是乡野的寻常之物。譬如当地的花草植物，最常见的是瑞士的国花雪绒花，此外还有龙胆花和黄油小花。它们在陶器上的造型要么素雅，要么朴拙。淡雅色彩间，渲染出一泊恬然清宁的乡土气息，看了就让人心情愉快。不像我去参观一些前卫的当代艺术展，有些作品看几眼就会让人生出莫名的焦躁和不安来，恨不得马上离开。

另外一种我常留意的农民陶器皿是这里传统的餐具——盘子。这些盘子多半有黑色或者深棕色的底色，风格纯粹，釉色明亮。颜色低调、内敛，正符合瑞士人的内慧品格。我曾经在这里的古董店见过两个年代久远的农民陶盘子，一直念念不忘。其中一个是绘有两只猫头鹰的沙拉盘。画面中，两只猫头鹰目光炯炯，在枝头对称而立。一泊纯黑的夜景里，只见天上满月，全无人间纷扰。

另外一个是深棕色的水果盘。图案是一对母子在自然中的休闲相对。盘子的背景是秋天丰收的季节，又大又圆的红苹果铺满了整个盘子。秋意澄明的格调里，母子情深，爱意盈怀，充满了欢欣和喜悦。我在古董店里捧着这两只盘子一看再看，几乎不舍得放下。

陶器是随原始农业出现和人类定居生活所需而产生的生活用具，属于原始先民的煅塑遗风。在信息汹涌席卷而来的时代，这些传统的器物不仅曾收藏过乡野时光里的清逸与端美，也收藏过往昔一去不返的绵长光阴。它们都是时间曲线上流转于民间的产物，常隐藏着一方水土历史和地理的许多奥秘。

我就曾经在经济严重落后于世界的古巴旅行时，去考察过当地的原始陶艺制作。那是古巴首都哈瓦那郊外西南方位一个叫作厄尔尼诺卡诺的村子。这里最早是肉牛的养殖区，后来，制糖业也曾经在此一度扩张。到了西班牙殖民时期，人们为了寻求更多的经济收入，就利用当地丰富的黏土资源制陶，促成了制陶业的形成。

在国有化经济统领下的古巴，厄尔尼诺卡诺的家庭制陶作坊是这里少数的私营经济之一。根据统计数字显示，1857年，当地有小型制陶作坊十五家，而今天已经发展到了六十三家。每一户制陶作坊的后院都搭建有用于烧制陶器的木烧砖窑。相对不同的产量，就有不同的规模。

在我拜访的其中一家制陶作坊里头，我见到了各种形状的陶制器皿，一排一排堆放着，掩映在郁郁葱葱的香蕉树和棕榈树之间。它们全部保留了民族风格的造型和美感，就如他们制陶的场地那般拙朴而原始。作坊里的制陶师傅告诉我，他每天要在作坊里做上两百多个，才能维持生计。

离开厄尔尼诺卡诺的家庭制陶作坊的时候，我特意挑了一个带有传统图案的小陶瓶买下。我把那个陶瓶紧紧地捧在手上，隐隐觉得那就是我的古巴之旅最好的纪念。捧着它，就是捧着这个国家一份时间的见证。因为，不是我不知道自己还会不会再来访问古巴，而是我无法确定跌宕的历史，是不是会长久地让这些传统工作一如既往地保存下去。

随着全球性城市化发展进程的不断加速，今天，瑞士的农民和牧民数量正在日渐减少。自然，传统风俗和生活需求也在这种改变中发生变化。受到消费结构改变和大型廉价机制商品的威胁，传统的瑞士农民陶也和其他的民间艺术一样，在市场竞争的大环境中需要不断调整和转型。

幸好，还有近百年的瑞士老牌工艺品店"Heimberg"，他们专门整合了传统的瑞士工艺，以民俗元素为内核，以现代艺术为外衣，打造出与时俱进的时尚品牌，不断地对传统民间工艺进行重新设计。而且在旅客流量大的地方开设了工艺品门店，最大限度地把这些民族元素保留了下来。

起源于初民生存智慧的所有民间艺术都是历史长河上一张远年的面庞，在时间的身体上折叠入一方水土的生活形态、地理条件、历史记忆、美善符合和需求意识等等要素。只有好好去保护它们，才算是真正保护了一方水土的文化基因。

我也期望有那么一天，待吉林东丰的农民瓷发展到足够成熟，我能够沿着这条观望民间文化和历史形态的途径，让中国和瑞士的两种乡土文化携带着各自民族的气息和文化密码，跨山越洋去与对方相遇，对话，交流。

2015 年 6 月

第 五 辑

乡愁是故乡的永生

所谓乡愁，可能是味蕾上的某个执念，是某一种时间带不走的习性，是埋在血液里的文化认同。是的，一个人恐怕只有经历过远走他乡，经历过连根拔起的疼痛和胶着才能真切地体会到何谓文化认同感，体会到离开家园的真正含意。不过，恰恰是"远去"的人生选择，赋予了游子人生乡愁的美学，给予了游子双重的生命体验，同时，也给故乡的亲人带去了异域的故事。

挥春

在辞旧迎新的流年时光里，春联像坚守在故乡大地的一位民间护神，站立在乡村屋宇从门枕到瓦面的一方天地间，历经上千年的风雨，改朝换代，却依旧撑天驻地，悦容不改，站成汉字文脉在九州大地上最阳刚也最妩媚的一种姿态。

只有六尺大小的春联是中国汉字文化的一种专利。它俗称门对、对联、对子或春贴，雅称楹联。我们乡下的人更雅，称它叫"挥春"或者"晖春"，"挥""晖"通假，可以望文生义而一语双关。

在我童年的回忆里，挥春是儿时幸福生活的底片，能冲洗出许多乡村旧事。

按照祖祖辈辈传承下来的习惯，我们村里的人一直沿袭着在除夕当日贴挥春的传统。过去，他们购买挥春都只光顾集市上即席挥毫的挥春摊。我们粤人自古爱用挥春图吉利，乡下人更是如此。一年一次的年关大事，村里人都执拗地认为只有亲自求购于读书人才显得郑重。乡村生活不像城里匆忙，年幼时跟着祖母去镇上，集市上写字的先生除了泼墨挥毫，也乐于和前来求购挥春的乡亲们闲搭家常，嘘寒问暖。那种情景，乐也融融，最怡我情，最入我心。

三十多年后，祖母已驾鹤仙去。我穿越时光，穿越国界，穿越多年漂泊海外的苍茫，带着两个孩子回到故乡的挥春街上，忆念起昔日的故人旧事，那些由一纸挥春所折叠的回忆和思念，竟如街上烹煮出来的年味，一路铺开，似乎可以一直延续下去。

在街上观看即兴创作是一件赏心悦目的事。我留心观察过，挥春街上专业写字的先生写一副挥春都有如下几个步骤：摊纸，丈量，对折，打字格，挥毫，风干。在这个次序里头，先是红纸登台，然后有毛笔、镇纸、界尺、砚台、黑墨或者金水的一一出场。排次有序，气氛隆重，有点像在泛着木光的桌面上上演一场先拔头筹的新春好戏，除了书写的雅兴，还有文化的古意和传统的温度。

大年前的挥春街上铺满了各式各样的挥春，铺天盖地，密如瓦群，形成一片整齐统一的红。这种红不是玫红也不是橘红，而是一种既乡土又温暖的中国红。它是中华民族的理想生活在色彩上的投射，任何一个中国人看到挥春的六尺红纸都会联想到幸福或如意，如一袭新娘的嫁衣或一片浓缩的祥云。

在淳朴而清朗的乡村，中国红不仅是吉祥的符号，也是中华民族文化的图腾和精神的皈依。不信你看，漫漫长街，除了一路扑面的挥春，从红包到鞭炮，从窗花到年画，在喜气洋洋的年货队伍中，无不是用中国红布喜的信物。它们游走在乡村的时光里，如春的血液在民间流动。

挥春是一副年味之语。街上写字的先生告诉我们，按照张贴的不同方位，挥春包含斗方、门心、春条、横批以及一副首要的框对。框对是挥春的灵魂，配有言简意深的联句，贴于大门两侧。联句不仅在书写上要字数相同，对仗工整，而且语感上还要平仄协调，声韵铿锵。好联在意境上讲求天地融合，阴阳平衡，如中国传统文化里的龙凤呈祥一样和谐统一。

中国人自古就有祈福纳祥的民俗传统。听村里写过挥春的二伯说，在文字还没有被搬上红纸的年代，古人过年会在红色的桃木板上刻画桃符，悬挂在大门两侧作镇邪驱鬼之用。到了公元九世纪的五代，蜀后主孟昶亲手写下"新年纳余庆，佳节号长春"的联句，成就了中国最早的一副挥春。之后到了明代，明太祖朱元璋在民间的一声呼吁，像一双指点文脉河流的手，轻轻地把中国文字拨上了一卷明艳的红纸，从此打开了全民以纸代符书写挥春的局面，形成汉字文化的一条重要支流，由北至南涌入千家万户，永不枯竭。

在我幼年的印象里，挥春是乡间陇亩生活的唯一汉字面容。时至今日，我依然记得幼时在乡下，父亲用挥春上的联句教我认字的情景。那时他牵着我的手在村里散步，会边走边用软糯的乡音把路上的挥春一一吟哦给我听，语气深切，娓娓不倦，仿佛要把他少年时没有完成的文字理想移植入我的生命。我昂着头跟在父亲的身后，始顿初开的目光投向挥春上工整典丽的骈文，把那些方块的文字一一融入心底，汇成启蒙的河流，涵养我古典汉字的情怀，灌溉我心中一腔中华文化的破土新芽。

好的联句都是民间带脚走动的诗，在时光的缝隙里延伸与流传。浩繁联句当中，村里面的乡亲最喜欢的一副联句是"天增岁月人增寿，春满乾坤福满门"。幼时在祖母家生活，对屋亲戚家的大门上就常年贴有这对联句，正对着我床边的木窗户，无论是长夏午寐之余还是隆冬霜降之夜均垂张贴在我眼皮底下，成为我儿时记忆底层高于时间、高于现实的一种诗意启蒙。很多年后，我离开故土定居欧洲。每年岁末，当墙上的农历又唤起一泊莼鲈之思，我在书房的案头前铺开一卷红纸，每每跃然纸上的，还是沉淀在童年记忆里的这对联句。那些温暖的汉字啊，像从盛唐诗句里出走的星星，粒粒金光熠熠，温软伤怀，披着故乡的月色一路西行，向我靠拢，最后垂落在彼岸寒冷的冬夜里，落在我案头的红纸上，落在我的心中。

在乡村，挥春更是一种对大地的坚守和执着。它像垂挂在四季时光里的方言，既蕴含天地灵气、日月精华，也储存墨香、古语、人情、记忆和思念。从黎明到子夜，从立春到大寒，它们举头望天空，低头看大地，在乡村流星纵横的夜空里用能与月光对语的高度去丈量时间。看到年少的我焦急地离开故土，从行南走北到漂洋过海，挥春站在那里一言不发。它若有所思。它欲说还休。

时间一页一页地翻过，当电子技术缔造了科学神话时代，一切均以光速为标准，文脉的痕迹和温度也像人的情感一样迅速在城市淡薄和退化，唯独古韵遗风依旧留守在乡村，经久未颓。

此刻暮晚，飞鸟至倦，游云思返。站在故乡的夕阳里，我蓦然回首，儿时村里的很多景物已经不复存在，然而洋楼错落、榕须轻拂的新乡街头，挥春依旧，喜气如昔。它们怔怔地看着我，像故乡一方方红色的灯盏，为游子的归乡之路照亮起一泊小小的光明。我也怔怔地看着它们，似有一帘红色幽梦在心湖里荡漾，投影出一片悠悠的乡愁。

2014 年 2 月

彼岸一夜难眠

露西升级做妈妈，刚出院回家，夜里给我发来短信说："半夜了，没有汤也没有饭，我饿了，不想翻冰箱里的东西吃。没有人照顾我，只有女儿一直在哭，为什么我连一点坐月子的幸福感都没有？"

我不禁黯然。

"亲爱的，来，听我说，依我这招'月子速效补身术'做，煮熟两个鸡蛋，再热一大碗牛奶一起吃。这样既营养还抵饿，而且简单省时。吃完后，好好睡一觉，明天我炖一大锅当归鸡汤送来，保证幸福死你。"

哇，当归炖鸡汤，我躺在床上咽着口水，惦记着那个久违的美味，想起去年秋天在朋友的博客上看到她妈妈亲手做的温暖牌炖鸡汤，那时就曾跟自己承诺，今年冬天，我一定要多炖几次鸡汤给自己补身子。结果呢，现在冬天都快过去了，有时候因为忙，有时候因为难以买到新鲜的食材，有时候是想到只有一个人而打消了积极性。总之，就是这样那样的一些原因，小小的一碗炖鸡汤，在回首间竟如味觉的浮萍，是那样的遥远。

轻轻放下手机，我对着天花板发呆，睡意有点流失，思绪却在暗涌。今晚凯晴发烧，小家伙不仅睡不沉，还非要我用臂弯抱着她睡。瑞士的冬天又冷又长，小孩子总是在寒冷和细菌的包围下不停地患病。以前刚做妈妈的时候，小孩子一生病我就恨不得多几个家人在身边帮我，恨不得叫所有人别出国。家庭、工作、孩子，在离开自己熟悉的环境后，每一件事情摊开来都需要更多的付出，每一步走过来都有着别人难以明白的艰辛。不知不觉，这些年就这么过去了，如今，什么都已经慢慢习惯，习惯了在半夜撑着眼皮为孩子爬起来，习惯了在这条风雨路上，一个人担当化解。

这就是彼岸生活吗？外表看来风光无限，内里的无奈和茫然，难诉衷肠。是不是因为离乡背井，在异乡的路上，从前依偎在父母怀里被疼爱的体温，恍惚间已经流失？

窗外，橘黄的灯光孤寂地照着路面上的积雪。此刻，异国的冬夜，不知名的落花，回荡在彼岸游子心里轻轻的叹息，眼角忍着的泪，究竟是因为难眠的夜，还是一颗漂泊的心？

最近，因为身边的华人姐妹一个一个升级当妈妈，关于在国外坐月子的问题，不时有朋友来找我埋怨，诉苦。其实这个问题啊，归根到底，造成矛盾的罪魁祸首就是文化差异。在西方社会，人们从来没有坐月子一说，所以，对于融入西方家庭的中国女人来说，这种文化差异竟不惊觉成了婚姻磨合中文化对峙的第一道门槛。

我记得，大女儿凯璇出生的时候，我在住院的四天里，吃不惯医院里又是沙律又是冰激凌的冷食，一位华人姐妹知道了，于是她每天给我炖了鸡汤，盛在电饭锅里整个送到病房来。这样的事情在中国人眼里是很平常的，可是在护士小姐和同房产妇的眼里，却是莫名其妙，不可理解。

在中国出生和长大，从小对"坐月子文化"耳闻目染，所以住院的时候，我自然对起居饮食处处小心翼翼，但是同房的西方产妇，自生产后的第二天便已经如常洗冷水浴、穿高跟鞋往外跑了。我跟别人解释说，中国人跟西方人在体质上有异，所以中国人对月子保养都很重视，结果有些外国人听了，却不以为然。

在国外打滚过这些年，磨炼多了点，见识广了点，慢慢也就懂得文化认同感的不易逾越性。所以凡事只能随缘，不可奢求。在离开中国生活在国外的这些年，遇到洋声洋气的中国人，我学到了沉默。面对无法沟通的文化差异，我不得不妥协。毕竟，我生活在别人的文化里，我需要学习去入乡随俗。

所以我一直希望自己能有好运气，孰料却并未得偿所愿。

三年后，在生产小女儿凯晴的产床上，始料不及的产后大出血，我经历了三十小时没有进食却一直被疼痛煎熬的难产体验。

迷迷糊糊间，我只记得护士小姐不停地重复着"血没法止住"，记得医生一个一个地涌进病房来，把先生和刚刚出生的凯晴推出去，记得失血过多的时候，身体一直不错的自己第一次体会到全身失控地发抖，记得迷糊间眼前的天地一片茫然，甚至记得神志尚且清醒的时候，咬着牙默默地鼓励自己说，醒着，醒着，一定要醒着熬过这一关。

接下来的一段日子，婆婆专程从她在德语区的家前来照顾我，为我们做饭，料理家务，提供力所能及的帮助。大概过了两周，看到我身体稍有好转，她婉转地跟我先生说，家中的花园不能长时间欠缺照顾，几只猫也要给予照顾，她恐怕要先回去了。

我心里有一股莫名的失落涌起，不过，我深深明白婆婆为我付出的已经很破例，她自己甚至也没有被她的婆婆这样照顾过。文化的差异，体质的不同，这些客观存在的距离，让我冷静。那时候大女儿凯璇还不到三岁，家里突然多了个妹妹，我既要照顾刚出世的小女儿和身体虚弱的自己，也要尽量照顾大女儿的情绪。有时候，大女儿凯璇闹脾气，我累得连力气都没有，只能把她叫过来，额头顶着额头，眼睛对着眼睛跟她说，凯璇，妈妈很爱你，但是妈妈很累，要照顾妹妹，你听话，好不好？凯璇点点头，一副很懂事的样子。

到了凯璇开始放暑假的时候，我拖着尚未恢复的身体，一个人带着两个小孩，长途飞行二十多个小时，终于周折地回到父母的家，在他们身边休养。那个时候，小凯晴刚刚两个月。到家那天晚上，饭桌上聊天，父母问及生产过程的细节，我心里迟疑了两秒，尽量轻描淡写地说出了实情。

那一刻，妈妈恍然，眼角垂泪。知道事情后，她就每天变着招法给我做各种美味佳肴和滋补靓汤，把我补养得从未有过的珠圆玉润。

电视剧《金婚》里文丽的妈妈有一句台词说：谁家的女儿谁心疼。

那阵子，妈妈担忧我的身体难以恢复，总是在我跟前重复念叨着说，你是广东人的孩子，按照我们老广东人的风俗，产妇未过百天都还是在月子里。现在在家坐月子，就要吃好休息好。坐月子当然重要啦，人家坐不坐月子我管不了，但是你是中国人，在中国，我们就相信只有身体补好了，恢复了，以后产妇才能够永远健康。

在家千日好。

回首过往，幸福感就在那一景定格。而漂泊的路上，孤独的时候我只能与镜中的自己深深对望，失落的时候只能与自己的灵魂相拥而泣。不惊觉里，我就在路上成长。想起这些，静夜难眠。凌晨四点，凯晴退烧后醒来说想吃意大利面。

我撑着疲倦在厨房里又忙碌起来。

　　客厅外的马路，商店饭店都关门了，漆黑中，只有凯晴在灯下饱餐的画面，在这样万籁俱寂的一个夜里，让我欣喜。

　　看到病后初愈的孩子，我明明很累也明明很困，却又莫名地欣喜起来。窗外夜色如水，饱餐后的凯晴窝在我的怀里打起盹来。我用手轻轻地摸了摸她已退烧的额头，从心里跟自己说：不怕，不哭，勇敢一点，不从结果看得失，学着从过程看人生，这条他乡的路，我就能好好地走下去，直到幸福的彼岸。

2009 年 2 月

濡湿的乡愁

早春一到，冰雪渐渐消融，瑞士就开始下雨了。

瑞士的雨总是下得很安静。

这里地广人稀，山高水长，雨水跨过阿尔卑斯山脉洒下来，无论是落在高山的背脊还是湖泊的心脏，都下得安安静静，独来独往，激不起太多的回响。

雨来的时候，人要是居于室内，几乎感觉不到外面在下雨。所以在城市，雨下得就更是寂寞了。

这和我故乡的雨况大有不同。

小时候我在岭南水乡长大，记忆中乡村的雨境有着丰富的层次。雨来时，打在屋檐上，瓦面上，铁桶上，木盆上，芭蕉叶上……窸窸窣窣、滴滴答答、叮叮当当、噼噼啪啪，每一种声音先是独一无二的，然后交融在一起又是错落的，起伏的，多重奏的。时慢时急，时高时低，时断时续，如一杯故乡的清凉洒在心头，有柔软的思念荡漾开来。

那是乡愁的另一种延伸。

瑞士地处北温带，这里典型的山地气候仿佛是雨水魔术师。上午刚下过一场雨，下午太阳出来，就能迅速吸干地面上遗留的雨水，不留任何痕迹。

故乡岭南的雨就要缠绵得多。

雨季时，从瓦缝到墙壁，从衣裳到棉被，天地间到处都是雨的味道。小时候在广州，我就特别喜欢在雨季里抱着沾有淡淡湿气的棉被睡觉。那种凉而润的感觉，像全身的肌肤贴着一块玉。

丰沛的雨水使岭南三冬不雪，四季常青，满满都是水乡的韵味。雨滴落在江河小溪中，泛起无限涟漪；雨滴落在荷叶上，凝出亮白的珍珠。一瓣再美的荷叶，也要挂上几粒晶莹的珍珠才有亮点。缺了一粒雨后的珍珠，荷叶会像缺了灵魂，好比一个人的初恋缺了一场雨水的滋润。

一场雨从盛唐的诗句中出走，雨水自几千年的天空一路经过文字的小路缓缓流下来，在途中让多少文人墨客抒尽了情。从白居易到李商隐，从贾岛到李群玉，他们无不曾在诗歌的天空下听着雨写过温软的文字，留下那些至今仍旧让人伤感不已的句子。

听雨的人都是浪漫的人，不过，闻雨的人才应是有愁的人，给那一场场故乡的雨绑上几十斤重的乡愁，让它们再也无法停下来。

　　移居欧洲二十年，每次想起故乡的雨水，那种濡湿潮热的气味却是最萦我情。最萦我情本该是异乡的秋天，欧洲的秋充满端庄的美感，有金色的骄阳，有多情的落叶，可是，当深秋冷风拂过，精神抖擞一下，再吹一吹，风从脖子灌入胸膛，然后直抵人心。打个寒战，心一抖，扫过寂寞的心田，就会让人情不自禁怀念起儿时温暖湿润的岭南，怀念那片一年四季雾气沉沉的郁郁葱葱。

　　离我家不远的日内瓦植物园有一个热带雨林式的室内观赏区，是我喜欢独自前来稀释乡愁的秘密花园。绕过繁华的市区，沿着植物园内亮白的小石路一直走过去，树丛里现出一间隐蔽的小房子，那就到了。推门而入，映入眼帘的全是异域的繁花杂草，水流花开。

　　我每次一个人来这里，无他，就是为了沾一身水乡的湿润气息，哪怕是片刻的停留，只要能光着脚感受一下木地板上濡湿的清凉，或者闷出一点汗，甚至只是吸上一口和水乡一样的潮湿空气，或者亲手摸一摸芭蕉叶上的露珠，就足够了。

　　岭南，古巷，斜风，细雨，芭蕉。千百年来不厌其烦地一直被远道而来的诗人和作家赞美。不过，唯独雨里上升的气味，却只有从那方大地上出走的游子，只有他们的嗅觉和肌肤，才能把雨里的芳泽细细辨别。

　　有一年，在当地宜家家居连锁店买了两盆芭蕉树回家养植，可是由于瑞士气候干燥，芭蕉的叶面怎么也养不出故乡的那种水嫩质感来。为了防止发皱干裂，还得不时加倍照顾，喷水润之。后来女儿给出了个好主意，说可以给它开加湿器嘛！于是，我就特地捧来加湿器，灌满水，开关一拧便倒在太师椅上打盹午睡。

加湿器涌出的水汽轻拢慢涌，柔如雾散，轻如薄纱，平日就特别惹我喜爱。可是那一次，我却不小心把湿度调大了。午睡醒来，整个房间云雾迷漫，水汽腾腾，睁开眼的时候恍惚了一下，以为在梦里，回到了濡湿潮热的岭南。

被水雾笼罩着的芭蕉格外青翠，恍若有水滴要溢出，挂满水珠的玻璃窗上沁着雾气，能够写字。这个意外的失手没想到竟勾出我满怀的兴致，一时兴奋得欲罢不能。于是我把加湿器调大，再调大，然后摘下一片芭蕉叶横在脸上，伸个懒腰，干脆做梦去。

这个世界，往往美好的事情在身边时竟因为无动于衷而白白错过，李商隐诗"此情可待成追忆，只是当时已惘然"，说的肯定也是我这份思乡的心情。

"落雨大，水浸街，阿哥担柴上街卖……"多少年后，在异乡的暮晚，在同乡家中的花园，我忽然听到从他家小儿的录音机里传出来的这首童谣，我在风中听着，想起那片一年四季皆湿润温暖的故土，顿时湿了眼睛。

2012 年 8 月

活在天堂的玻璃瓶里

港产电影《上海滩》里许文强曾经说过这样一句台词："对于这个城市，我只不过是个过客。"

这是一句听着让人颇感心酸的话。但是对于曾经漂泊美洲和欧洲的欧卓杰来说，却有着至深的感受。

欧卓杰一直是同龄人中的佼佼者。新世纪初，尚未及而立之年的他获得国内跨国公司的赏识，前往美国担任要职，为自己人生的道路展开了第一次不平凡的跨越。

公司总部设于三藩市（旧金山），华人众多，跟许多初抵美国的中国人一样，欧卓杰到埠不久就结交了不少华人朋友。举目无亲，同胞相助。华人在美的强大生活基础，美国文化的同化能力，这些优势大大有助于欧卓杰快速融入社会，在短时间内顺利地适应了美国的生活。

中国有句老话说：物离乡贵，人离乡贱。

　　假若离乡背井会让人产生飘零感，对于欧卓杰来说，从中国到美国再从美国到瑞士，后者的飘零感来得更猛烈，更深切。在美三年后，同是出于工作原因，刚刚适应了美国生活的欧卓杰踏上了飞往瑞士的班机，展开了自己继亚洲和美洲后的欧洲生活。

　　抵达日内瓦当天是圣诞节前夕一个寒意萧瑟的冬日，天色阴霾，异常清冷。语言不通，寸步难行。这是瑞士给欧卓杰的第一印象，跟之前他抵达美国时连海关人员都说普通话并且有专人开着林肯车到机场迎接有着天渊之别。

　　欧卓杰在瑞士的业余生活非常单调。这里的华人很少，商店在晚上和节假日统统关门，华语电视网络几乎毫无选择，很多城市买不到中文报纸，中餐馆的口味也很西化，日常生活就是在公司和住所之间来回走动，规律化无趣到几乎可以让惯群居生活的中国人窒息。

　　每逢到了中国的传统节日，"倍思亲"的落寞情绪更清晰。想找个节目吧，瑞士的华人都是散居状态，活动如同凤毛麟角。想自己亲手做一顿过节的家乡美食吧，亚洲店连新鲜的蔬菜品种供应都不多。瑞士华人在这里可以为买到一把小青菜或者一块豆腐而欣喜万分，如此种种的海外生活滋味，都是只有在瑞士生活过的人才能体会的感受。

　　人不是只满足于吃喝玩乐的动物。无论身在何处，人类都有融入社会的渴望，期盼被别人接受和认同。在美国，几代华人在异国土地上扎根的积累为那里的华人埋下了深厚的根基，撑起了一片天空。而三十年前，瑞士仅有三百位中国人，时至今日也不过约一万，仅占瑞士人口的千分之一点三。这种弱势和散居的架构，注定了华人在瑞士社会的附庸地位和生活状态，加上瑞士人保守的民族个性，瑞士文化内敛的特性和异化能力，这些都容易让外来人产生局外人的感觉。

近年来，随着旅游形象的不断提升，瑞士已经成了中国游客眼里的天堂。不过，对于生活在瑞士，欧卓杰却感觉形同生活在玻璃瓶里一样，那就是，跟天堂咫尺相望却无法触摸，对社会中的事情像雾里看花，毫无参与感，只有旁观者的感觉。

欧卓杰在瑞士一直没有找到归属感。为了弥补生活的空白和心灵的缺口，他开始四处出游。他把瑞士的家定位为个人在欧洲的大本营，开始过起与很多西方人一样边打工边旅游的生活。

四年来，他的足迹遍及欧洲各大城市。光是巴黎去了十四趟，伦敦十趟。由于工作的关系，他更是长期马不停蹄地在欧洲、美洲和亚洲大陆之间来回走动，甚至远涉非洲的刚果以及哥伦比亚的丛林。

然而，在这些漂泊的岁月里，欧卓杰的内心却一直是隐隐被一种深藏的恐惧所笼罩。这不是乡愁，而是由于潜意识里，对自己所居住的地方缺乏归属感而生出的一种莫名的精神紧张。况且他又是单身一族，一个人在外无依无靠，使他不得不处处谨小慎微，时时提醒自己不能在别人的地方犯错，否则后果可能不堪设想。每每到了一个新的地方，他总会习惯性地给自己在瑞士的华人朋友发短信，以防万一发生意外，也好有个人把自己的下落知会国内的父母。

寻找归属感一直是人类精神世界不可或缺的重要部分。缺乏归属感，人就会在陌生的环境里感到焦虑和不安。对此，欧卓杰深有体会。他在 2012 年冬假回国探亲的日子里，在父母家中曾经发高烧大病一场。他隐隐觉得，那是身体长时间与紧张和恐惧心理抗衡的一次暴发，终于在返家后获得了一次全身心的释放。

时光不知不觉过去了三年。2012 年初，通过猎头公司的牵引，欧卓杰成功地在瑞士完成了一次跳槽。这次跳槽不仅让他有机会亲身体验了瑞士法语区与德语区的生活差别，还让他随后喜获公司亚洲地区财务总监的职务，以外派身份回到自己的祖国，为六年的海外漂泊生活谱写下华丽的回归乐章。

向远方奔走和追寻原点一直是人类的一种本能。一边努力走出家园，一边眷念着故土。欧卓杰的瑞士经历让我想起了华文作家席慕蓉在回归故土时曾经在散文《槭树下的家》里写过："我只想回到这个对自己是那样熟悉那样亲切的环境里，在和自己极为相似的人群里停留下来，才能够安心地去生活，安心地去爱与被爱。"

2011 年 10 月

此物只应乡野有

地球上已知可食用的野菌至少有两千多种。家族之庞大，赛过一支军队。

不过，野菌们都是骨子里的浪漫主义者。要想呼唤它们，用声音不行，用阳光也不行，必须得是夏秋季节的雨水。那些幽潜在大地下的菌丝，一听到淅淅沥沥的雨声，就再也沉不住气了。野菌们一个一个冒出来，以温柔的力量，在山林中茁茁生长。

瑞士茂密的树林和典型的山地气候都为野菌的滋长提供了上佳的条件。秋天，我特别喜欢在雨后的山林中漫无目的地游荡。在飘满木香和草馨的空气中，与野菌们来一趟惊心的相遇。在这个饮食上尊崇食用当季和敬畏自然的国度里，采摘野菌一直是一种时尚。就像养蜂，既是野趣，也很古典，而且从古至今，经久未颓。

不管是群生还是单生，在瑞士，辽阔的针叶林和落叶林都是野菌们喜爱生长的地方。在当地最常见的珍贵食用野菌名单中，我最熟知的是牛肝菌。这种野菌体形庞大、肥厚、粗壮。新鲜食用时，欧洲人喜欢把它们切成薄片，用黄油煎得金黄浓香，以意粉或者意式炖饭佐吃之。

牛肝菌的口感独特怡人，香味比素菜瓜果馥郁得多，但又没有肉食那么腻人，而且还能风干储存。我想世上少有食物能像食用野菌这般讨人喜欢了吧。它们大多是鲜食时味道鲜美，风干后又浓香袭人。难怪清代美食家袁枚写的《随园食单》，在《时节须知》一节里，就有专门讲到食用野菌这个不相矛盾的美食优点。

沿着雨水弧度生长的野菌们，个个都像撒落人间的星星，一生怀揣谦卑的姿势忠于大地，俯仰苍穹。它们专一又忠心，总在同一个地方轮回生长。所以，在瑞士，我知道采摘食用野菌一般都是家庭活动。由家族成员手手教导，代代相传，不会随便向别人透露野菌生长的地方。有点像我们民间老中医手上的一纸祖传秘方，不外传。

这也让我想起古话"授人以鱼不如授人以渔"，说的应该就是这个道理吧。世上能馈赠后世的宝物种类万千，金银珠宝、鼎铛玉石、名家字画、现金房产。细细想来，都没有如此馈赠烁烁迷人。几分自然野趣，精神高于物质。

要是没有专业知识，野菌可不能随便乱吃，否则会有致命的危险。儿时我曾听过几种流传在乡间的野菌验毒法。我记得的有银针验毒法、高温烹煮法或与大蒜同煮法。但是后来读的书多了，走过的地方也多了，才明白这些方法统统不可靠。无论在什么地方，辨认食用野菌都必须依靠专业人士的判断才稳妥。

我听婆婆说过，过去瑞士还没有蘑菇检查中心或者蘑菇协会时，乡人要是采到不明毒性的野菌，都会拿到村里的野菌专家那儿去确认一下。这些野菌专家都是村里有一定资历的老人，对各种当地野菌了如指掌，而且经风识雨，有世家祖传辨识野菌的丰富经验。

我特别迷恋这些古朴的地方传统乡土文化，迷恋当中一份岁月悠长的深厚温情。一方素朴的乡土有了这些老人，就好比有了某种美食文化的风向标，能为简静的乡村铺上温暖可依的底色。美得不落言筌。

比牛肝菌珍贵的野菌，我知道的有松露。瑞士没有松露出产，但是邻居意大利却是欧洲著名的松露产地。意大利托斯卡纳是我常去的地方。那里的圣米尼亚托是世界上知名的白松露产地。我曾经听当地人自豪地说过，全球有80%的白松露都出产于此。

松露香气浓郁，但是样貌奇特，长成带有大理石花纹的奶油色或者是褐色的块状，属于野菌中的异类。这都不够奇怪。更奇怪的是松露完全生长在地底下，人类无法靠肉眼去发现它们，必须依靠嗅觉敏感的家畜帮忙，例如猪和狗。我在意大利曾亲眼见识过当地人到山头里去寻找松露，靠的就是猎犬的嗅觉。那些训练有素的猎犬闻到了松露的气味，会从地里把它们拱出来，可见松露之金贵，还低调到极致。

地球上所有的野菌都不含叶绿素，无法进行光合作用，只能寄生、腐生或与高等植物共生。它们为自己挑选植物拍档时，也像人类挑朋友，有着自己独特的品味和喜好，是一种我们无法读懂的植物性情。在常见的野菌当中，我知道针叶林和落叶林就有鸡油菌、高羊肚菌、牛肝菌，角叉菌和白齿菌。松针树下有紫丁香蘑、红绒盖牛肝菌。白杨树下有橙盖牛肝菌，云杉树下有绣球菌，山毛榉树下有高大环柄菌和喇叭菌。

当然，野菌的植物性情，我们家乡的荔枝菌也有。每年端午前后，当龙船的锣鼓声又响彻岭南大地，家乡的荔枝菌就会悄然而至，从荔枝树的白蚁窝上静静地冒出来。

岭南的荔枝菌俗称岭南菌王，其实是鸡枞菌的一种。不过，在鸡枞菌的家族里头，肯定要数我家乡的荔枝菌口感最好。鲜香无比，有一泊源自山野的芳香。儿时我听父亲说过，荔枝树的根部有腐木，是白蚁喜欢生存的地方。所以越老的荔枝树，根部的腐木越多，就越适合白蚁去"种植"优质的荔枝菌。

荔枝菌尤喜在午夜生长。与这个精彩纷呈的世界相比，它们木然、羞涩、低调，最具有乡村的内慧品格。时光倒流，童年时我曾跟随大人打着手电筒到荔枝林里去采荔枝菌。其中很多细节已经淡忘。只记得那是破晓时分，天地间，月亮将去未去，太阳欲来未来。我站在故乡的山坡上聆听大地初鸣的鸡啼。那声音嘹亮悦耳，能穿透乡人的美梦，笼罩住整个静美的乡村。

不过，荔枝菌只在芒种到夏至之间生长。此物只应乡野有，极为神秘而珍贵。与松露一样，家乡的荔枝菌至今无法人工培育。所以在荔枝菌的上市期间，城里人都爱扎堆赶集似的下乡来解馋。

前年暑假有一回，我和几个朋友在家乡的一家小饭店叙旧，就碰到有外地人专门从城里开车来寻鲜。店里迎客的年轻伙计直爽，一听客人说是专程来吃荔枝菌的，就扑哧一声笑出来，摆着手说："老板，来迟啦，今年的季节已经过去喽，想吃明年再来吧。"

掌店的老板娘口齿伶俐，怕店员得罪客人，赶紧补了一句说："等以后荔枝菌也能人工培植了，我们饭店一定天天为老板们备货！"

这话说得真让客人舒服。偏偏我比较迂，听了心里暗暗发笑。

想想，这世上好的事情，都值得等待。

2015 年 11 月

水乡的时光

　　海珠湿地公园对外开放有一段时间了，时有听到过一些赞美之词，心里就一直惦记着去。难得今年得了机缘，便兴致勃勃如约前往。

　　说湿地公园是珠江水乡的缩影，真是不虚。时间是立秋后的第二周，暑假里最好的一段光阴。园里空气明澈自不用说，一路上，电瓶车经由之处，草木清幽，花开冉冉，河岸的大树倒映在水中，果园的树上结满了果子。

　　田园景致就这样一帧一帧在眼前依次展开，使人行走其上，如同走进了一本水乡的写意画册。

　　在车子驶近观鸟塔的地方，眼前骤然出现了一片开阔的荷田，让我忍不住喊了停车，走近去驻足观赏。荷花真是水乡的灵魂！它们亭亭地开着，姿容淡荡静美，把环抱的一湾碧水也映得清雅流丽。

风一阵一阵从水面上轻细地拂过去，满池的荷叶便随即摇荡起来，像是一块块展开的裙摆，高高低低错落着，铺成了眼前一片盛大的绿意。

风因荷而多情，荷因风而多姿。面对如此烂漫的一片风荷，让人自然而然就生出了几分诗意，不管是旧韵还是新词，都能随口念出几句咏荷的小诗。

荷田旁边有观鸟塔。时间虽不巧，未到观鸟的最佳时间，但是拾级而上，人站到了高处，远近的景色便无限开阔起来。小船、河涌、水岸、桥梁、果园，还有暖晴的阳光拂照着广袤的绿地，碧绿的江水泛着明净的波光。

眼前的一切，都用自己独特的方式演绎着水乡的风情，以至那份静宁的风光和柔媚的况味，令我至今仍念念不忘。

温暖的珠江水乡三冬无雪，四季常花，自古就是岭南佳果的盛产地。由雨水浇灌而出的春去秋来使珠水两岸的鲜果向来都是丰富又高产，别有一种鱼米之乡才独有的富饶之美。

湿地公园二期据说原是万亩果园，属于好些本土岭南佳果的原产地，所以时至今日，其果品基因与种植资源仍被乡人敝帚自珍地守护着。

比如石硖龙眼。当地土华村的梁泽祥老师同行时就告诉我，这种果肉白若凝脂、口感清冽爽甜的本土龙眼一直都是当地人心中的骄傲。清代医学家王士雄对龙眼情有独钟，视它为果中神品。我忽然遐想，若王医师有机会前来饱啖一顿，必定从舌尖上便可感受到水乡的富饶和丰美。

又比如胭脂红番石榴。这个岭南佳果中的尤物，渐近成熟时，色泽会从黄绿色过渡成胭脂红。这种嫣红最是可人，扣在水乡蛮烟瘴雨的氤氲黛色里，真是让人捧在手上都不忍啜口。

不过，胭脂红番石榴却实在是珠水风物中的至味。童年时小饕餮般的我曾不止一次爬到树上大快朵颐，其果实的清芳和软肉的绵实，令我至今仍记得余味。

还有结不尽的杨桃、黄皮、荔枝、芒果、木瓜、波罗蜜、鸡心柿……一拨接着一拨轮番出场，使水乡四季的质感永远是碎花盈地，果香远溢，十里幽潜香风，处处都会暗涌。这些芬芳馥郁，这些气息，无不是游子心头最解愁的清芬。

所以每年的春夏季节，我都喜欢在欧洲的家中摆放几个芒果或木瓜，不为养眼也不为解馋，只为能长久地贴着水乡的气息。

意外地，我还见到了结满羊角豆的农田，似乎有整整一亩地那么壮观。我记得，羊角豆并不是旧故乡的传统风物。同行的农业专家梁鸿健老师告诉我，它们来自遥远的非洲，和很多先后入园的新物种一样，被引进到这里已经有一段时间。

这让我忽然忆及近年在故乡先后遇见的火龙果、鸡蛋果、百香果。仔细一想，这些新面孔和新变化真是好，它使我们的水乡从来不囿于自身的传统物事，还有发展的新颜与包容的新姿。

经过湿地河岸的一排小舟时，我还幸运地偶遇到咸水歌的传承人谢棣英老师和她的团队在练唱。歌声婉转，如风如水。

对于咸水歌，我懂得不多，只知道它是过去水上人演唱的一种汉族传统民歌，多传唱于滘、涌、埠等地理位置。作为一种凭借耳濡目染去传承习得的民间艺术，咸水歌文辞清雅生动，缱绻多情，婉转中满溢着的都是水乡的气息。

过去，对于珠水岸边这些以舟为家、以摆渡为生的水上人而言，江水河流就是他们生活的全部意义。所以他们唱山唱水，唱花唱月，把水乡日升月落、岁去年来中每一个温风暖雨的细节都融合到江行水宿、摇橹唱歌的节奏里。歌声不断，流诸永远。

那些声音，那些节拍，无不寄寓着歌者对水乡最深挚的情感。小船驶过纵横的河道，船掌在水面划出了漩涡，融入歌声，承载下他们世世代代的往事。

可见水乡的柔美和亲厚，从来不映照在任何高高在上的人事之上，而是潜藏在每一处丰富又细腻的物事之中。这些丰富与细腻更多是凭依于一拨温润的雨水，一份熟悉的清芳或者一阕旧日的歌谣，在漫长的时光里恒久地熬制着水乡的韵味。

余秋雨说，诸般人生况味中非常重要的一项就是异乡体验与故乡意识的深刻交糅，漂泊欲念与回归意识的相辅相成。这一况味，跨国界而越古今，作为一个永远充满魅力的人生悖论让人品咂不尽。

是啊。有时候我也想，也许正是这种时远时近的疏离感，人生路上的晓来望去，使得青年时就离开了水乡的我在经历过域外风尘和世道山峦后，才深切领悟到故土故国所有的好。

可幸，回忆也如那绕村的河道，不管怎么样绕来绕去，也绕不出那个梦里的水乡。水乡的山水清宁和风土人情，还有那些一直放不下的旧日物事，此刻都似能穿透时空的阻隔，回到光阴之始那个初见的模样，那一怀无染的原真。

2016 年 8 月

初夏的回声

　　书橱里有一排发黄的旧杂志，大概每隔几年吧，就会被我在某个整理藏书的午后，或是一个夜阑人静的夜晚翻出来展读，让文字渡我回到时光的彼岸，去相遇往昔青涩又泛着微暖的青春。

　　杂志为1993年发行的《少男少女》。它们是我的文字从手写体变成铅印体最初始的见证。因为这份特殊的意义，故被我一直敝帚自珍地收藏着，从东方到西方，从少年到现在，从故土到彼邦。

　　细细想来，1993年已经是那么遥远，恍若隔世。那一年，我念高二，由于是学校里的学生骨干，又是一名典型的文艺少年，于是幸运地被《少男少女》杂志社的刘小玲老师发现，让我得以在浩瀚的文学世界里，有了初试啼声的机会，在那里，培植了自己最初的文情。

　　20世纪的八九十年代正是中国儿童文学和少年文学的黄金阶段。其时，不仅儿童文学出现了巨大的振兴，少年报告文学也出现了空前的繁荣。刘老师就是当时创办全国第一份青春杂志《少男少女》的领航人之一，她在整个编辑生涯中写过大量有影响力的少年报告文学，因此获过不少的文学奖项，影响了整整一代人的成长。

　　作品有幸发表在全国性杂志上，在读书和交笔友都被珍视的年代，让我收获了许多的友情。那时候通信手段不及如今发达，因此往来的每一封书信，都裹着一个人特定时刻的手温和独特的精神标记，以至于很多年后，我依然会莫名地怀念起那些手写的信件，怀念起在过往素未谋面的鸿雁往来中，曾经一起有过的青春心情。

　　从这个成长标记继续延伸出来的，是我有幸认识了一批同样爱写字的同龄人，在塑造心灵的重要阶段，同在文学的世界里携手成长。那时候，我们是全国知名杂志的小记者，和编辑部的老师是好朋友。坐落在文德路75号的那栋小红楼，就这样既是一个青春的大本营，也成了我们文学路上的灯塔。

　　在书橱中和这批旧杂志并摆陈列的，还有一本刘老师在千禧年前后撰写的书。书名是《初夏的回声》，2003年由花城出版社推出。这是一本时光的印记，一一记录下我们这些小记者的成长故事，包括我们的幸福、困惑、挣扎；也记录了一位师者的心迹。所以刘老师在书中说：《初夏的回声》记录了我与你们的青春携手同行的真实岁月，以及那些青春时光里的欢乐和忧伤、汗水和泪水、足迹和唏嘘。

在《穿过长长的初夏》自序里，刘老师有几个开篇里的句子特别让我感动。她是这样写的：感谢命运，让我在《少男少女》杂志担任编辑，让我在长达十年的日子里亲密地接触生于20世纪60年代末至80年代初的这一代人，领略他们的追求，呼吸他们的伤痛，与他们在那一趟多雾多雨的青春旅程上感受成长的阵痛。这是上天给我的宠遇，让我陪伴他们一起走过了生命的初夏。

没有华丽的句子，没有煽情的语言，但是字字真挚，句句感人。

在《青春旅程》辑里，有关于我的一篇，题目是《不会停止的跋涉》，写了我从少年到青春的几个不同阶段。在回顾我得到上天的眷顾但又忽然决定要出国去深造时，刘老师是这样写的：朱颂瑜当老板的日子是她最开心的时光，如果她能潜心做下去，以她的天资、热情和能力，她将成为精品界的翘楚，把一种时尚的理念推向全国。可惜，这是不可能的事，她的性格决定了她的命运。她注定要漂泊，不断地接受诱惑，不断地去尝试，我不知道她什么时候才能停下来，过一些安闲的日子。

那些跋涉的途中究竟我都遇到了谁？还有青春的初夏又发生过什么？很多年后的一天，我在翻书的刹那间憬然一悟，若然不是有这些文字的记录，恐怕连自己都记不清了。这让我忽然庆幸在还未了解自己的日子里，就曾经有幸被人如此珍视过，爱惜过。这些回忆温暖又光明，如退潮后的岸，潮水退下去了，而岸上贝光闪烁。

如今想来，这就是刘老师一直被学生敬重的原因吧。她希望每一粒种子都能长成大树，每一个花蕾都能结出果实。如此心念使她自始至终用心呵护每一个文学少年，如张开双臂保护一个个薄胎瓷器一般，让一个个清莹的少年，走过了一段段成长的忧伤，走过了一个个迷惘的初夏。

出国后的头几年，大学的课业把我忙得焦头烂额，根本无暇顾及写作。直到之后渐渐站稳了脚跟，刘老师方才鼓励我重新执笔，在我与华语文学越走越远的时光里，用一条无形的线把我又拉了回来。后来渐渐地，我就写异国的新识，也写旧日的故人，在汉字永恒的温暖中，在漂泊他乡的路途上，写下一点一滴的悲喜感动，一段一段的生命心情。

重拾写作也让我在后来养成了一个习惯，那就是不管日子多忙都要坚持读一点好书，去和世间真正美好的物事，一点一点地靠近。大概是四五年前吧，我开始研读起民间工艺方面的书籍，对非物质文化遗产产生了浓厚的兴趣。说来也是奇妙，几乎是与此同时，退休后的刘老师被委任为广州市海珠区民间文艺家协会（简称民协）主席，使我们在探索生命的途中，再一次相遇。

知道我对传统文化和非遗项目感兴趣，刘老师就把我邀进他们民间文艺家协会的大家庭，和大家一起玩。她说的"玩"，就是要懂得玩。这是刘老师一向的风格，也是她的主张与坚持。尤其对于民间艺术的传承和传播，她就希望大家既要学习和整理，也要懂得用玩的方式去把它们激活。

就这样，在民协的大家庭里，我有幸认识了许多岭南的民间艺术家，从他们身上深入了解故土的文化。协会里的领航者，说来个个都是我们岭南本土的活字典，从风物到人情，从物种到气节，样样了然于心，但又谦卑不已。每一次，当我看到刘老师和大家端坐在祠堂内开会，或是行走在古老的巷道里设计舞龙的路线，我才是真正感受到那份来自师者的光芒。

可见人的情怀才是世上民间艺术最好的土壤。去年新春前夕，刘老师还与几位民间艺术家们一起，迎着寒风冷雨，长途驱车去到省内一个偏僻的山区，为当地准备过节的村民拍摄全家福，写春联，送歌舞，赠书画。山区的经济相对落后，物资匮乏，缺少文化生活，刘老师和同行的人还特意为村里的孩子们带去书籍和书包，在岁末的日子里，为一些家庭送上毛毯，送上寒意里的一泊温暖。

在民协领航人德艺双全的带领下，文化传承基地一个个先后诞生，书写南国文化的书籍一本本相继出版，宣扬传统文化的活动一个个成功举办。凭借大家的用心推动，民协办得蒸蒸日上，有声有色，还被评上了市里的 4A 单位。承蒙师者的启发，我也从这段体验里把自己从纯粹的书本学习中释放出来，凭依一众本土民间工艺家的启蒙，与真正的民间艺术接上了地气。

作为跨文化领域志愿者，刘老师其时既没有离开文学，也没有离开她热爱的少年朋友。在金沙洲华侨中学一个四面书墙的地方，多年前刘老师就在此创办了自己的少年文学坊，利用周末的时间，指导少年儿童读好书，写作文，学敬语，讲爱语，如在广袤的良田培植一茬一茬初绿的新苗，继续把文学的氛围和向善的心念，一代一代渲染下去。

春天来了，大红的木棉绽放在岭南春雨的枝头，闹得十丈珊瑚红似火，刘老师就带孩子们外出赏花，教他们用感善的目光去欣赏自己的城市。到了秋天，佳节团圆的气氛濡染着整个城市，喜庆又吉祥，刘老师又乘着如斯喜气，带孩子们去拜访相熟的民间工艺家，让他们看宫灯，做手作，感受本土文化的亲和力。冬去春来，如此往复，一批一批的少年人也像当年的我们一样，浸润在美好的文化熏陶里，一个一个结伴走过了人生的初夏。

因为文学艺术，我有缘认识了刘老师；因为刘老师，我有了自己的文学艺术。在重回华语文坛后的几年间，我开始沉下心来读书和写作，在与母语逆行的生活环境里，写出了一篇又一篇的作品。2014 年也许是这期间最值得纪念的一年。

那一年的秋天，我一连获得了三个全球华语文学奖项。而其中的一篇获奖文章，写的正是我们岭南的挥春文化，在商业文化张狂的年代，用自己的文字为故乡的民艺裹上了诗意。

播种、萌芽、成长、拔节、蓬勃、歌唱。一路走来，我和刘老师之间有了越来越多的交集与交流，除了分享成功的喜悦，更重要的是每每在感悟与自省时，也一路去见证彼此的沉淀与成长。作为1977年的高考落榜者，刘老师形容自己就如《基督山伯爵》里的爱德蒙·唐泰斯遇上神父，在前辈关爱的福荫下，如蒙着上帝的恩典。高考落榜让她学会了不屈不挠，坚韧的奋斗使她永远不忘教导我们：奋然前行者，路永远在脚下。

不知不觉间，多愁的青春已经过去，我们都在各自的时光里，彼此安好，一路成长。正如刘老师在《初夏的回声》里写过的一样："长长的初夏已经过去，他们终于走出那深深的峡谷，终于穿过长长的雨季，涉过初春那段泥泞的小路，走进了成熟而辉煌的夏天。盛夏的骄阳，激情如火，哭泣已经过去，阴霾已经过去，迷惘已经过去，万里碧空，一片可爱的晴蓝。"

去年初秋的一天，羊城跟往年一样，骤雨忽来忽去，野菊如常绽放。在刘老师传授文学知识的小翎文学坊里，她与二十多个最早随着《少男少女》成长起来的小记者一起，举办了一场名为"改变和重塑"的大聚会，一起探讨步入中年的瓶颈，思考自我的再造与重塑，继续寻找生命的丰实和华美。

阔别多年又相见，赶来参会的学生很多。他们不约而同带来了《初夏的回声》，在那个不再是初夏的季节里，轮流朗读起书中自己的故事，让一段流金般的岁月走入了永恒。刹那时光，恍若旧梦。那个时刻，被鲜花和爱包围着的刘老师，百感交集，盈盈有泪。这让我想起《初夏的回声》里有句如此：哪怕红颜消尽，哪怕白雪淹没了青丝，我都愿意怀揣一颗不老的心，继续走人生的仲夏与深秋，永远与你们同行。

昔日故人前尘事，今朝都到眼前来。我想，最让刘老师倍感欣慰的是，眼前这些曾经的少年人，如今不仅一一担当起社会舞台的重要角色，而且，这些一直被她视若珍宝的心灵，有的由始至终留守在文化领域，有的一直热心于社会公益事业，一如从前站在初夏里的少年人，初心不改，情怀依旧。

如今想来，那才是初夏最美的回声。

2016 年 12 月

图书在版编目(CIP)数据

把草木染进岁月 / (瑞士) 朱颂瑜著. —杭州:浙江文艺出版社,
2018.11(2019.4 重印)
ISBN 978 - 7 - 5339 - 5386 - 7

Ⅰ.①把… Ⅱ.①朱… Ⅲ.①散文集—瑞士—现代 Ⅳ.①
I522.65

中国版本图书馆 CIP 数据核字(2018)第 200878 号

版权合同登记号 图字:11-2018-414 号

责任编辑 罗 艺
封面设计 吕翡翠

把草木染进岁月

[瑞士]朱颂瑜 著

出版发行 浙江文艺出版社
地 址 杭州市体育场路 347 号 邮编 310006
网 址 www.zjwycbs.cn
经 销 浙江省新华书店集团有限公司
印 刷 浙江新华数码印务有限公司
开 本 889 毫米×1194 毫米 1/32
字 数 158 千字
印 张 8.625
插 页 1
版 次 2018 年 11 月第 1 版 2019 年 4 月第 2 次印刷
书 号 ISBN 978-7-5339-5386-7
定 价 29.00 元